猪飼野打令《イカイノタリョン》

元秀一《ウォンスイル》

草風館

猪飼野打令●目次

猪飼野《いかいの》打令《タリョン》

元《ウォン》　秀一《スイル》

一錠[注1]　新地

ま、話聞きや。

男付いてるもんえらそにぶらさげてるゆだけで、北がどの、南がどのチャンソリ《屁理屈》並べたがる。甲斐性の一つでもあったら納得やけど、お前のおト《父》さんときたら、紳士服製造親方背負ってるゆのに、アイゴ、チッチ、チャンサ《商売》ペケや。チャンサゆもん付いてるもんぶらさげてるみたい頭下げて仕事もらわなあかんやげ。そやのに、「ヤンバン《両班》がそんなみっともないことできるか」とほざく。

アイゴ、そんなセンガギ《考え》やから、いつまでたってもうだつ上がらんままや。子供六人おるうえ、住込みぼんさん二人、一緒生活するゆのにおかず買う金工面せなあかん。質入れるもんゆたらお前のおトさんの金玉パッケオップタ（以外ない）。ゆてもお前のおトさん女みたらすぐさわるから金玉質入れるヒマない。

そやから、おカ《母》さん猪飼野端から端までオジェ《昨日》あっちのネ《姐》さん、オヌル《今日》こっちのネさんゆ具合金借りるため走り回ったやげ。

お前のおトさん、念仏みたい「ヤンバン」ゆてたら、金生えてくる思てる。アイゴ、イサンハンセゲ（おかしな世界）や。ミチンセゲ（狂った世界）や。

お前のおトさん、闇チャンサするチョンシン《精神》ネズミのフンほどでもあったらトンポリ《金儲け》できた。闇チャンサしてケサツ《警察》つかまったらチョサンニム《ご先祖様》顔向けでけへんプクロウンニリ（恥ずかしいこと）やゆて澄ましてる。ほな、あちこち女さわるのプクロウンニリ違うか。クロッチ《そや》、それがプクロウンニリや。おカさんはな、あとにも先にも男ゆもんお前のおトさん一人パッケ《以外》知らん。

なにもウォンチベ《元家》だけヤンバン違う。キムチベ《金家》もりっぱなヤンバンやげ。ウォンチベ墓ゆてもクジャミョン《旧左面》（済州島の北東に位置する一村落）のハッラサン《漢拏山》登る途中、草いっぱい生えた所探してやっと見つけれる。キムチベ墓そんな違う。チェジュシネ（済州市内）に墓守いて広い土地いっぱい墓ある。

ウォンチベ人間、人付き合い悪いし、チンジョギ《親戚》ゆてもチョソンシジャン（朝鮮市場）の薬屋おじさんパッケいてへん。その薬屋おじさんも何考えて北行った。アイゴ、チッチ、ものゆチャユ《自由》ないとこ行ってどないする。お前のおトさんも、おカさんも薬屋おじさん北行くのパンデ《反対》したやげ。北行く人間イッチョトオリ《一条通り》にあるチョソンハッキョ（朝鮮学校）集まった時、カワソ《可哀想》にお前のいとこソッキとユッキ「北行くのいやや」ゆて号泣した。

お前のおトさんも、おカさんもイルチェシデ（日帝時代）チェジュド《済州島》生活苦しいから、仕方なく君が代丸乗ってイルボン《日本》猪飼野来たやげ。国ないゆのほんまつらいことや。ミグギ《米国》えらいポッタン《爆弾》落としてイルチェシデ、クンナッタ（終わった）思たら、ソ連・中国、ミグギ勝手にサンパルソン（三十八度線）敷いて、北は金日成《キムイルソン》おっさん、南は李《イ》承晩《スンマン》おっさん頭目《かしら》にしたやげ。お前のおトさんの臍から上ペルゲンイ《赤》、臍から下ミグギゆみたいなもんや。ほんでサ・サムサコン（四・三事件）起きて、せっかくチェジュド帰るゆてたのに猪飼野残ることなったやげ。

ハッラサン綺麗なオルム《丘》、カットンミンジョギ（同じ民族）殺し合い、ピパダ《血の海》なったゆ話どんぶりこ《密航》で逃げてきたサラム《人間》から聞いた。チョンマル《ほんまに》、ムソウンイヤギ《怖い話》や。

お前生まれる年の六月、金日成おっさん、李承晩おっさん攻めてチョソンチョンジェン（朝鮮戦争）ポッパル《勃発》したやげ。ほんまお前のおトさん、おカさんの国チェス《運》ない。ヤンバンゆてえらそした報いやげ。女キョユク《教育》受けたら罪ゆことやから、おカさん字もろくに書けん。ほんまカスムアプ《胸痛い》ゲやげ。

　カスムアプゲしたら、イッチョトオリネさんと鶴橋駅裏サパクラブ行ってノレチャラン《歌自慢》や。「アリラン」、「トラジ」、「パルドガンサン《八道江山》」

オルシグ、チョルシグ、チョッタ（興に乗ったときの掛け声）。

「ネさん、おっさんまだ新地女とこいてるか」

「そやげ、新地女に金玉しごかれてた」

「アイゴ、ネさん、コセン《苦労》やな」

「アニ《いや》、クントル《長女》、新地女家押しかけて、

『うちのおトちゃん、返してんか』ゆた」

「アッハ、ネさんチベ《家》　クントル　サンパルソン（三十八度線）越えた」

「そやげ、サンパルソン越えて敵地突入や」

「ほんで、どないした」

「どないもこないも、新地女こないゆた。

『可愛い顔して、ああ、こわ。でも、あんたのお父ちゃん、若いうちが好きやて。ほやから、

いつまでもここにおりたいんやと』

『そんなことあらへんわ』

『ほな、お父ちゃんに聞いてみよか』

『聞かんでもわかる』

『へえ、どないわかるの』

『腐った性悪女に飽きたいうわ』

『なんやて、もう一遍いうてみ』

『なんぼでもいうたるわ』

　クントル、新地女睨み合ってた。ほんだら、おっさん、『もうええ、わしは行く』ゆた。

　おっさん、未練いっぱい残して新地女グッバイしたやげ」

「そら、ネさん、オルシグ、チョルシグ、チョッタやな」

「潰されたチョソンハッキョパッケキョユク受けたことないクントル、口では誰も勝たれへん」

「アイゴ、ネさんとこクントル　チンチャ《ほんまの》　チェジュセガクシ（済州島の娘）やげ」

「マッスダ（そのとおりや）」

クントルほんま肝座ってた。三歳上のクナドゥル《長男》にもぼろかすやったやげ。クントル、クナドゥル精神入れ替ったらちょどいい按配や。

糸みたい細い神経したクナドゥルお前のおトさん負けんくらいチャンサペケやった。ハンドバッグ口金製造の親方なっても、できそこない品物ばっかしで返品の山や。クナドゥル仕事面白ないゆてパレス座近くのダンスホールこもって出てこん。アイゴ、チッチ、ウォンチベ男、みんなチャンサペケ。おカさん、コセン、コセン、カスムアプゲやげ。トットナリ《鶏小屋長屋》奥のシンバン（神房＝済州島シャーマン）ネさん占いしてもろた。チョソンチョンジェンさなか、爆弾受けた船一緒、海底沈んだお前のハラボジ《祖父》霊慰めるクッ《祈祷》挙げんとウォンチベチェスようならんゆことや。ほんで頼母子掛けてクッする金工面したやげ。生駒の寺こもって三日三晩クッ挙げたけど、お前のおトさん、あの世行ったし、クナドゥルダンスホール女と駆け落ちしたやげ。ミョルマン《滅亡》や。

ゆてもおカさん、チョンシンパッチャチャリョ（精神しっかりして）焼肉店開くこと決めた。頼母子また一つ掛けて金工面する。コッチョンマラ(心配するな)。ま、ええ時間なった。話はここまでにしとこ。

二鉦　学校

さ、話続けるで。耳傾けや。

サラム《人間》、サラムらしく生きるのにキョユク《教育》大切やげ。シンミンチシデ（植民地時代）、ハングル使うの禁止ゆことでおカさん《母》、難儀した。イルボンマル《日本語》なかなかうまく話すのモテッタ（できなかった）。ほんでも、生きていかなあかんから、生活するのに必要最小限どうにかした。ゆても、済州島サトゥリ《訛り》抜けへんイルボンマルや。猪飼野、おカさんみたいチェジュサラム（済州島人）ぎょうさんいてた。チェジュンマル（済州島言葉）だけでも生きていこ思たら生きていけたやげ。

　どのみち済州島帰るつもりやった。ゆても、お前のおトさん《父》「帰るの済州島やない。元山《ウォンサン》や」ゆた。

「なんで元山？」

「元山はええ街やど」

「ゆても、元山、プッチョゲ《北側》や」

「そこが問題やな。ペルゲンイ《赤》の国は気に入らん」

「そやから済州島帰るの違うか」

「信託統治とやらで、そのうち国一つなる」

「アイゴ、いつ国一つなるの」

「それは国連に任せるしかない」

「あてになるの」

「あてにせんと仕方ない」

「済州島帰るの怖いのと違うか」

「なんでや」

「よその嫁さん触って逃げたゆ罪あるから」

「何を！」

　お前のおトさん、逆上したら鬼やげ。おカさんの髪の毛引っ張るは、顔叩くは、蹴り上げるは、チョンマル《ほんまに》、生きた心地せんかった。ま、サラム、痛いとこ突かれたら腹立てるやげ。おカさん、わかっててもこの口が勝手に動いてしまう。ハッハ、どう仕様もない。

　ほんで、薬屋おじさんに呼ばれて、お前のおトさんとこのおカさん、朝鮮市場裏の薬屋おじさんとこ行った。漢方薬独特の匂い店内充満してた。壁際には漢方薬納めた引出いっぱい並んでた。板の間、いつもひんやりしてたやげ。

「よう来たな。ま、座って」

　薬屋おじさん、髭撫で回してそないゆた。おトさんとおカさん、神妙に座った。猪飼野にいてる親戚ゆたら薬屋おじさんだけや。漢方薬処方するだけあって威厳あった。お前のおトさんも薬屋おじさんには頭上がらん。

「ウリナラ《祖国》が植民地からヘーバン《解放》されて、わしら自由の身になった。ほんで、急務は何と考える」

　薬屋おじさん、お前のおトさんに尋ねた。

「帰り支度することですか」

「それもある。もっと急務なのは子供たちの教育じゃ」

「確かに」

お前のおトさん、深く頷いたやげ。

「クントル《長女》、今度できるチョソンハッキョ（朝鮮学校）に入学させてはどうかな」

「クナドゥル《長男》、日本学校入れてますから、クントルもそうしよう思てましたが」

「ウリヌン、ウリアイドゥル、ウリハッキョ（我々は我々の子を我々の学校）に入学させるのが道理とは思わんか」

「道理はそうでも、チョリョン《朝聯》（在日本朝鮮人連盟の略称）が作った学校いうのが引っかかります」

「ウリマル《国の言葉》は民族の魂じゃ。奪われていたウリマルを取り戻すというのがウリ《我々》の務めではないか」

薬屋おじさん言い出したら頑固や。ま、ウォンチベ《元家》人間、みな頑固で偏屈や。お前も気つけや。

結局、お前のおトさん、薬屋おじさんの説得に折れたやげ。ほんで、クントル、チョソンハッキョ入学させた。

「おカちゃん、世宗大王《セジョンテワン》は誰もがたやすく読めて書けるクルチャ《文字》作ったんやて。それがハングルなんよ」

クントル、楽し気にそないゆた。正直、おカさん嬉しかった。時代違ってたら、おカさんもハングル習ってキョユク受けることできた。クントル、クゴ《国語》のほか、算数も社会も習った。教科書見たら、みんなハングルやげ。薬屋おじさんゆたみたい、クントル、ウリハッキョで民族の魂、身につけたことなる。クントル、習いたてのウリノレ《国の歌》もおカさんに歌ってくれた。おカさん、心の中で涙流してた。

「おかちゃん」

「ムオ《何》」

「ウリエ、ソウォヌン、ムォシムニカ（我らの願いは何でしょうか）」

「クゴン《それは》、トンポ《金儲け》リしてチャールサラ（ええ暮らし）することやげ」

「アニムニダ（違います）」

「クロム（だったら）」

「ウリナラ、ハナ、テェルゴムニダ（祖国が一つになることです）」

クントル、得意げにゆた。

「クゴン、チンシリ《真実》や」

おカさん、クントルに一本取られたやげ。ハッハ。

或る日のことや。イッチョトオリネ《一条通り姐》さん、血相変えてウリチ《我が家》ベ来た。

「チョソンハッキョなくなる」

「どゆこと」

「マッカサおっさんの指令やげ」

「ミグギ《米国》、南のバックやないか」

「バックはバックでも李承晩《イスンマン》おっさんのバックや」

「アイゴ、クントルどないなる」

「どないもこないもなれへん」

「あんだけ楽しそうに学校行ってたのに、カワソ《可哀想》やげ」

「マッスダ（ほんまや）」

　イッチョトオリネさん帰ったあと、おカさん朝鮮市場裏急いで行った。薬屋おじさん、悲痛な顔して、

「李承晩は民族自決より独裁に走りよった。ミジェ《米帝》の傀儡め！」ゆた。

　民族の魂取り戻されたら困るゆことでチョソンハッキョ潰されたやげ。理不尽な話や。

クントル、封鎖された校門前で泣くだけ泣いたやげ。

三鉦　遭遇

よう聞け。男、顔だけやない。顔だけ見て惚れたはれたゆてると痛い目会う。このおカ《母》さんも、チッチ、お前のおト《父》さんの顔見て惚れてしもたやげ。結果、どや。甲斐性ナシのうえに、ゆくとこゆくとこ女触って仕事ほったらかしや。クントル《長女》も、アイゴ、このおカさんの似んでもええとこ似てしもてからコセン《苦労》してる。顔はヘチャでも甲斐性ある男がチョッタ（ええ）。

クントルゆたら映画じょゆ《女優》さんみたい別嬪やった。そら、あちこちからメヌリ《嫁》きてほしいゆ話あったやげ。カットゥンコヒャン（同じ故郷）でチョンサ《商売》繁盛してる金山物産アドゥル《息子》がクントル一目惚れして、そら、もう大変やった。運河からチョソンシジャン（朝鮮市場）真っ直ぐ行ってイッチョトオリ《一条通り》左曲がったらクントル通ってたチョソンハッキョ（朝鮮学校）ある。金山物産はイッチョトオリとチョソンハッキョ間《あいだ》にあった。

チェサ《法事》の供物買うためクントル連れて、チョソンシジャン行った。チョッポンチェ《一番目》、豚肉、蒸し豚、牛肉。トゥボンチェ《二番目》、コサリ《わらび》、ナムル《もやし》、ホウレンソウ。セボンチェ《三番目》、鯛と果物。

市場かごに入れて、金山物産立ち寄ったやげ。玄関先にまるでこのおカさん来るのわかってたみたい、金山ネ《姐》さん上機嫌で、

「ネさん、前に頼まれてたええ蝋燭立入ったで」ゆた。

「アイゴ、それ待ってたやげ」

「そやろ、ほれ見てや」

金山ネさん得意げに銀の蝋燭立掲げて見せる。店の奥から「セッタリョン《鳥の歌》」聞こえてきた。クントル、その歌に耳傾けて別嬪の顔神妙にして聞いてた。そこに用事から帰って来た金山物産のアドゥルとクントルの目が合ったやげ。金山物産のアドゥル一人ポッとして万才橋の欄干みたい突っ立っているだけやった。

「アイゴ、何してる。挨拶の一つもできんのか」

金山ネさん、チャギアドゥル（自分の息子）叱咤したやげ。

「うぅ、あぁ、いぃ」

緊張のあまりアドゥルのヘチャな顔が余計ヘチャなった。このおカさん、ピンときたやげ。このアドゥル、クントルに惚れたな。ゆてもクントル心何にも動いてない。

「チョンシン、パッチャチャリョ（精神しっかりせいや）」

金山ネさん、アドゥル背中叩いた。

「痛いやんか」

アドゥル、顔しかめて文句ゆ。

「チッチ、挨拶は」

金山ネさん怒った顔してせっつく。アドゥル、蚊鳴く声みたいチャグンソリ（小さい声）で「か、か、金山、た、た、孝雄です」ゆた。

またまた一層ヘチャな顔、ヘチャなったやげ。見てて、カワソ《可哀想》なったわ、チョンマル《ほんまに》。

「アイゴ、情けない」

金山ネさん、銀の蝋燭立新聞紙で包みながら大きなため息つく。

人間てわからんもんやげ。頼りなげに見えたヘチャな孝雄、ユッチ（陸地＝韓国本土）と大阪、ワッタガッタ（行ったり来たり）して、チャンサ《商売》ようした。金山物産みるみる繁盛したやげ。

「これもそれも、ネさんとこクントルお蔭や」

　金山ネさん、このおカさんにそないゆて感謝した。こら、何かある思たら案の定、金山ネさん、

「ネさんとこクントル、孝雄のメヌリにくれへんか」ときた。

　孝雄、クントル一目見たあと、ご飯も喉通らないぐらい恋の病憑りつかれた。あまりの消沈ぶりに金山ネさん、コッチョン《心配》なって、こないゆた。

「チッチ、もっと男前に生んでたらよかったのに、あいにくのヘチャときた。孝雄のおトさんへチャやからハルスオップタ（仕方ない）。孝雄、お前、チャンサ、ちゃんとできたら、ウォンチベクントル（元家長女）、見合い段取りしたる。クロニカ、チョンシン、パッチャチャリヨ（そやから精神しっかり）して、金儲け励め」

　しおれたもやしみたいなってた孝雄、その言葉で生き返ったやげ。ほんで、大阪とユッチ、ワッタガッタして、金山物産繁盛させたやげ。

おカさんもソジキ《正直》嬉しかった。顔はヘチャでも真面目にチャンサして甲斐性あるの一番やげ。

「うちは嫌や」

取り付く島ない、ゆのこのことやげ。クントル、「あんなヘチャと一緒に道歩くんでけへん」とか「生まれてくるこどもかわいそうや」とか「わたしのプライド傷つく」と散々や。それでも、おカさん、クントルに「一遍だけでええから、一緒に、食事してみや」と頼んだ。

「嫌や」

「そないゆわんと。金山ネさん、おカさん、猪飼野住んでからの付き合いやし、コヒャン《故郷》もカットゥン《同じ》済州市やげ。お前が孝雄とキョロン《結婚》してくれたら、おカさん、どれだけ安心か。お前のおトさん見てたらわかるやろ。男前だけで甲斐性なかったら家族皆コセンする」

「おトちゃんのこと悪いうたらあかん。おカちゃんかて言わんでもええこと言うさかい、喧嘩なるんや」

「アイゴ、それ別の話やげ」

月末なると、お金のことでお前のおトさんと喧嘩なるんは仕方ない。喧嘩したくてしてるのアニダ《違う》。お前のおトさん、チャンサちゃんとして家族、ヘンボカゲ《幸福に》してくれたら、このおカさん、何ゆわんでもええことゆ。クントル、事情わかっててこのおカさん、責める。チッチ、カスムアプゲ（胸痛い）や。

「嫌なもんは嫌やで」

クントル、それ一本や。どないする。ハッラサン《漢拏山》の高さぐらいええ話、顔へチャゆだけで流してしまうの、勿体ない。このおカさんの落胆、テマドパダ《玄界灘》の深さ以上やったやげ。このおカさんのあまりの哀しい顔見て、クントル、同情心から、

「ほんまに一遍だけやで」ゆてくれた。

ほんで、金山ネさんに伝えたやげ。

オルシグ、チョルシグ、チョッタ。

おカさんと金山ネさん、どれだけ小躍りして喜んだか。アニ《違う》、一番喜んだんは孝雄やげ。映画じょゆ《女優》さんみたい別嬪と結婚できたら猪飼野、大阪、イルボン《日本》、セゲ《世界》一番やからな。ハッハ。

ほんで、鶴橋駅前喫茶店でクントル、孝雄、金山ネさん、このおカさん四人で会ったやげ。初めてクントル見た時の孝雄、天保山程度やったけど、ハッハ、人間、チャンサ繁盛

したら、えらい変わるもんや。生駒山、アニ、ハッラサングらい堂々してた。

「ぼくの夢は金山物産を日本一にすることです。そして、南北分断している国の統一に少しでも役に立つ事業を起こしたい、と考えています」

日本一だけでもえらいもんやのに、国のトイツ《統一》まで言い出して、チョンマル、ビックリしたやげ。ユッチサラム（本土の人間）、チェジュサラム（済州島の人間）みんな自分のゆこと正しい、思てるから、アイゴ、国一つするの、チョンマル、コセンや。孝雄、コセン買って出るゆわけや。チッチ、えらいゆたらえらい。クントル、黙って孝雄のゆこと澄まして聞いてた。このおカさん、自分が孝雄と見合いしているみたい、胸ドキドキした。猪飼野どこ探しても孝雄みたい男、いてない。おカさん、心なかでクントル、何とか、孝雄とキョロンしてほしいゆ気持ちいっぱいやった。

「ウォンチベネさんと一緒、先に出るから、孝雄、このあと、千日前遊びに行って美味しいもんいっぱい食べてあれこれ喋って、ウォンチベクントル家まで送ってこい」

金山ネさんそないゆて喫茶店伝票引っ掴んで立ったやげ。孝雄、少し心配げな顔してたけど、目の光、輝いてた。クントル、相変わらず黙って澄ましてた。

夜、帰ってきたクントル、チョクム《少し》、酔ってたやげ。万才アパト階段上がるのも危なげで、おカさん、しっかり支えて部屋まで連れていった。映画じょゆさんみたい別嬪のクントル、苦し気に息吐きながら、

「やっぱり、無理や。ヘチャはヘチャや」ゆた。

アイゴ、このおカさん、シルマン《失望》にカスムアプゲ（胸痛い）やった。チッチ、男は顔やないゆてるのに、聞く耳持たん。アイゴ、プルサハンニリィヤ（不幸なことや）。

四鉦　結婚

でな。

映画じょゆ《女優》さんみたい別嬪のクントル《長女》、背高くて男前のプジャチ《金持ち》ベクナドゥル《長男》選んだや

げ。ヘップサンダル製造する高山化学ゆ会社の跡取息子や。イッチョトオリネ《一条通り姐》さんのクナ《伯》ボジ《父》、高山化学シャチョ《社長》さんや。鶴橋駅裏のサパクラブでイッチョトオリネさんと踊ってる時に、イッチョトオリネさん、このおカさんに、

「ネさんとこ別嬪のクントル、チャンサ《商売》上手でも顔へチャやとシジップ《嫁入り》カゲイヤゆの、無理から牛引っ張って水飲ませるのと同じや。ネさん、高山化学ゆ会社、知ってるか」て訊いてきた。

「猪飼野一番大きい、あの会社か」

「そやげ」

「それで高山化学ゆ会社どないかした」

「ネク《わたしの》ナボジ、そこのシャチョや」

「アイゴ、それ、モッラッタ（知らなかった）」

「クナボジ、ネさん、ネさんとこおっさんと同じ女好きやげ」

「チッチ、ネさん、何ゆてるの、甲斐性ある女好き、国滅ぼすか。ネズミのフンみたいちっちゃいことやげ」

「そか、ネさん、そない思うんやったら、ネさんとこ別嬪のクントル、クナボジとこシジッ

プカゲさせるか」

「男前いるのか、ネさん」

「アイゴ、それがいてるのや」

「チョンマル《ほんまに》？」

「ネさんにコジンマル《嘘》ゆて何かええことある」

「オップタ（ないわ）」

「クレ（そや）」

「孝雄と比べもんならん男前や」

「アイゴ、孝雄、チョンマル、もったいないことした」

「チッチ、別嬪のクントル、イヤゆたら、ハヌニム《天の神様》もお手上げや」

「マッスダ（ほんま）。ほんで、その男前、チョンガギ《ひとりもん》か、ネさん」

「当たり前や。女の味知ってるか、どか、それはわからん。けど、チョンガギゆのチンシリ《真実》や。

跡取息子やげ」

「ネさん、世話してくれるの」

「そやから、ネさんに話してる」

「コマップタ（有難う）。そやけど、うちみたい貧乏のクントルゆたら釣り合わんのとちがうか、ネさん」

「コッチョン《心配》ない。映画じょゆみたい別嬪のクントル見たら、チョンガギみな惚れるで」

「そやろかな」

「ネさん、うちに任せとき。あんじょうするよってからに」

「ほな、プタカギ《頼み》するわ」

「おうよ。テェッタ（よっしゃ）。ネさん、踊ろ」

オルシグ、チョルシグ、チョッタ。

おカさん、不安半分、期待半分でイッチョトオリネさんにクントルシジップカゲ任せた。お前のおトさん、この話あまり乗り気なかった。サオ《婿》なる高山化学の跡取息子見て同じ匂い感じたやげ。お前のおトさん、チャンサ下手やったけど、サオゆたら下手も何も仕事自体やらん男や。仕事やらんでもセカツ《生活》できるゆの、考えたら不思議や。

もっと不思議なんは大っきおカさん、小っさおカさんいて、どっちも猪飼野で暮らしてた。

大っきおカさんゆのメヌリ《嫁》で、小っさおカさんゆの妾やげ。サドン《婿親》、イルチェシデ（日帝時代）終わった年の秋、コヒャン《故郷》の済州島帰った。ミッピジンイ《すすき》の白い穂、ハッラサン《漢拏山》の緑いっぱいのオルム《丘》一面咲いて、そらきれいや。おカさん、ソニョ《少女》とき想い出す。サ・サムサコン（四・三事件）起きてなかったら、おカさんもおトさんと一緒、済州島帰ってた。

　ほんで、サンパルソン（三十八度線）境に南北分かれた国、一つせなあかんゆてたのに、信託統治下でいずれ民族自決権付与して国統一することなってた。そやのに南だけ選挙するゆことなって、えらい騒ぎなったやげ。南だけ選挙するゆの、南北分断固定化なるゆことやゆて、何とか党やら何とか結成委員会とか皆一緒なってパンデ《反対》した。ミグギ《米国》バックにした李承晩《イスンマン》おっさん、南だけの選挙パンデゆサラム《人間》、片っ端からパルゲンイ《赤》やゆて、弾圧したやげ。

　ユッチ《本土》でも済州島でも、そら、酷いもんや。アイゴ、シンミンチ（植民地）からヘーバン《解放》されたゆのに、プルサンハンイリヤ（不幸なことや）。ほんで、サ・サムサコン（四・三事件）起きた。ハヌニム《天の神様》宿っているか思うくらいきれいなハッラサン緑いっぱいオルムがピパダ《血の海》やげ。自力で独立勝ち取れなかったゆの一番の原因や。

サドン、大っきおカさん残して、単身、どんぶりこでテマドパダ《玄界灘》渡って、猪飼野舞い戻って来た。ほんで、一からヘップサンダル作るチャンサ始めたやげ。チャンサ繁盛して金儲けできてきたら女欲しなるの当たり前や。ぶら下がってるもんが何とかしてくれゆてダダこねる。男ゆもん、チョンマル《ほんまに》仕様ない生き物や。お前のおトさんと同じで新地の女触ってこどもできた。それが小っさおカさんと正明や。

サドン、お前のおトさん同じくらい男前で恰幅もあった。知恵もあった。どんぶりこサラム、ケサツ《警察》見つかったら、国送り返される不法サラムや。サドン、高山化学ゆ会社作ってから、ケサツと話つけて外国人登録証持つサラムなった。ほんで、済州島から大っきおカさん、猪飼野に呼んだやげ。もちろん、サドン、小っさおカさんのことピミル《秘密》してた。

猪飼野戻った大っきおカさん、りっぱな高山化学見て、夢みたい気分、嬉しい気分、離散した恨み、ヘーバンされた気分、内心、オルシグ、チョルシグ、チョッタ踊る気分、みんなひっくるめて生き返った。チッチ、人生ままならんもんや。突然、厚化粧のお洒落な恰好した小っさおカさん、現れたやげ。

「初めましてです。加奈です。奥さん、お留守の間、旦那さん、わたし、あんじょうみておりました。奥さんのことは旦那さんから聞いてようわかっています。わたしは本妻なろなんて気持ちありませんよって、ご安心くださいな。第二夫人で充分です。早い話が妾です。奥さんのお国ではなんやわたしは小っさおカさんいうんですね。確かに体は奥さんより小柄ですよってに、小っさおカさんいわれてもえろう異和感ありまへん。そいでも、心は富士山ほどの高さ、太平洋ほどの深さあります。ちょいと大げさだったかしら、ホッホホ。失礼しました」

大っきおカさん、ポカンとした顔して、小っさおカさんゆこと黙って聞いてたやげ。元、新地の女やから口達者や。大っきおカさん、黙ってることをいいことにこないゆた。

「わたしの息子、正明は旦那さんに似て、男前で親のわたしがいうのもなんですが、頭も本当によろしおす。そやからいうて、正明が高山化学の後継者になるなんて厚かましい野心など小指の先ほどもありまへん。英明さんいうりっぱな跡取がおられますさかい、正明は別の会社作って助け合いの精神でいかせてもらいます。これは旦那さんがお決めになったことでもありますよってに、どうぞ、心におとどめておくれやす。何かお困りなことがあれば遠慮せんとお声掛けてくださいな。いうても、別嬪なお嫁さんおいでなるよって、わたしの出る幕などないかもしれませんね」

やおら奥から出てきたクントル《長女》、小っさおカさん見て、

「なかに上がりはったらどうです」ゆた。

「おおきに、愛子さんはいつ見てもお綺麗なこと」

「お世辞は結構です」

「お世辞やおまへん。ほんまのことです」

「で、上がらないんですか。立ったままやと大っきおカさんもしんどいし」

「そうですね。一言、挨拶だけ思て寄せてもらいましたのに、えらい長話なってしもて、かんにんしておくれやっしゃ」

「お帰りになるんですね」

　クントル、きつい口調でそないゆた。

「はい、いなせてもらいます」

「そうですか。愛想ナシで申し訳なかったですね」

「とんでもありません。わたしが勝手にベラベラお喋りしただけです。ほな、さいなら」

　小っさおカさん帰ったあと、大っきおカさん、深いため息ついて「アイゴ、世の中、どないなってる。済州島残ってたわたし、なんでこんな罰受けなあかん」ゆた。

「小っさおカさん、新地にいた女で、うちは好きになれません」

「新地がどんなとこ」

「男たぶらかすのをチャンサにする女がいる花街です」

「英明のおトさん、あの女にたぶらかされたわけか」

「そうです。わたしのアボジも、昔たぶらかされて入り浸っていました。腹黒い女が手ぐすね引いて男待っています」

「これからチェサ《法事》ある時、小っさおカさんも顔出すのか」

「オモニ留守の間も、チェサに顔出してました。普通の女でしたら、よう、顔出さないでしょうけど、新地の女は面の皮が厚いから、平気のへいざで顔出します」

「アイゴ、正明ゆのも顔出すのか」

「正明は頭いいだけにヌンチ《空気》読むのが達者です。チェサの時も部屋の片隅で控えめに座っています」

「英明とは仲いいのか」

「うちのひとはのんびりした性格にできていますから、その点は心配いりません」

「そか」

「英明、クナドゥルやから仕事しっかりせんと困るやげ」

「わかっています。ウォンチベの長男も仕事はペケです」

「チッチ、クナドゥル、しっかりせんと、愛子も大変や」

「うちはボチボチやっていきます」

「英明、頼むで」

「わかっています」

「家が栄えるのも、没落するのもクナドゥル次第や」

内心クントル、高山化学もウォンチベも行く末は暗闇に感じられた。

ブラックホールに吸い込まれていくようなもんやげ。

五鉦　誕生

どこまで話した。そう、クントル《長女》、猪飼野一番の高山化学の跡取息子と一緒なった。跡取息子ゆたら、財産引き継ぐ代わりに、チェサ《法事》も引き継ぐことになるやげ。チョサンニム《ご先祖様》祀るチェサできないと、ミョルマン《滅亡》や。クロニカ（そやから）、天地引っくり返ろうと、跡取息子、パンドゥシ《必ず》生まなあかんやげ。クゴシ《それが》クントルの定めや。

アイゴ、ハヌニム《天の神様》、そんな時に限って酷いコセン《苦労》背負わせる。妊娠わかったクントル、プルコッチュ《唐辛子》ついたアギ《赤ん坊》、信貴山、生駒山、ハッラサン《漢拏山》、やおよろずのハヌニムにどれだけ祈願したか。中山寺にも行って安産祈願したついでに腹帯買ったやげ。腹帯裏に書いてある娘ゆのつけたらプルコッチュついたアギ生まれるゆ話や。クントル、裏に娘ゆの書いた腹帯買ったやげ。

アイゴ、生まれたんはセガクシ《娘》やった。お腹痛めた子やから可愛いに決まってるけど、チッチ、落胆は落胆や。そやけど、お前のおトさん《父》、セガクシでも「初孫や」ゆてえらい喜んでた。

「あっちこっち女触ってもソンジ《孫》可愛いか」

このおカさん《母》もゆわんでもええことゆてしまう。

「何、突然、言い出すんや」

お前のおトさん、ソンジ抱きながらこのおカさん、蹴り上げたやげ。チッチ、ほんまお前のおトさん、甲斐性なしでも腹立てるの一人前やげ。チョンマル《ほんまに》、ミチンノム《狂った奴》や。このおカさん、お前のおトさんに愛情指の先ほどもない。

ほんで、クントル、跡取息子生むためメイルガッチ（毎日のように）肉食べ、サバル《皿》、ガラスコップ割って、寝たら夢の中プルコッチュつけたアギ夢見たやげ。サオ《婿》どこぞでお前のおトさんみたい女触って精使い果たしてか、二番目もセガクシやったやげ。アイゴ、カワソ《可哀想》。クントル、またまた落胆やげ。

そやのに、小っさおカさんのクナドゥル《長男》・正明、最初の子がプルコッチュついたアギやった。世の中ままならんもんや。小っさおカさん、何も聞いてないのに、息子自慢や。

「映画女優のように綺麗な愛子さんを差し置いて正明の嫁、さっさと男の子生んで、ほんま仕様のない嫁ですこと。何か秘訣でもあるのかしら。いうてもわたしも最初の子が正明ですから、男運のある家系かもしれません。

でも、正明の子は高山化学を継ぐわけではおませんよってに気にかけないでおくれやす。

正明の子は正明の会社を継ぐのが道理ですさかいその点はしっかり肝に銘じております。

愛子さんもさすがに次こそは男の子をお生みになりますわ。わたしの予感は大体、よう当たります。楽しみにして待っています。ほなさいなら」

　小っさおカさん、チョンマルよう喋る。何が「わたしの予感よう当たる」や。三番目もセガクシや。クントル、一晩中、ベッドの上で泣いた。

　小っさおカさん、見舞い来て、また息子自慢や。

「今度こそ男のお子や、と期待していましたのに、うまくいきませんね。正明の嫁は次は姫がいい、というていたのに、生まれて来たのはまた男の子で、えらいがっかりしていましたわ。何を贅沢な悩みをいっているのや、ときつく叱ってやりましてん。愛子さんのこと考えたら、あちらの言葉でいう、カスムアプゲ（胸が痛い）いうやつですね。愛子さん、ここで諦めたらあきまへん」

「気分悪いので帰ってくれません」

　クントル、小っさおカさんにそないゆて睨みつけた。小っさおカさん、まったく動じる気配なく「産後の肥立ちが大切やさかい、気をつけておくれやす」ゆた。

「わかっています」

「そうですよね。今度で三人目ですものね」

「大きなお世話です」

「お世話も何も、わたしは何もしてあげることもできません。わたしの予感も頼りにならないし、えらい、すまんこってした」

「頼りなんてしていません。早よ、帰ってくれません」

「わかっています。せっかくのお見舞いが負担になってしもたら、えらい、本末転倒でっさかい、ここらでおいとまします。お大事に」

「チョッパリ《日本人》」

「なんです」

「なんでもありません」

「そやかて、チョッパリてい いはりましたやん」

「チョッパリやからチョッパリていうただけです」

「それて、悪い言葉でしょう」

「普通のひとには使いません」

「わたしは普通やのうて特別なんですか」

「特別じゃなく、悪いのです」

「あら、悪人扱いされてしもた」

「妻子ある男をたぶらかしたのだから、善人ですか」

「愛子さん、お姫様しか生めない辛さをわたしに八つ当たりするのはやめてくださいな」

「八つ当たりなんてしていません。本当のことを言っているだけです」

「いくら何でもひどい、あんまりです」

「だから、早く帰ってください」

「帰りますよ。愛子さんて顔に似合わず容赦なしですね」

　小っさおカさん、悪人呼ばわりされて心底腹立てて帰ったやげ。


　クントル気きついから、誰も口では勝たれへん。口で勝ってもキップン《嬉しい》気分アニダ（違う）。むしろ、憂鬱やげ。セガクシ、三人生んでも、プルコッチュついたアギただの一人もオップタニカ（いないから）。

　クントル、何とかして跡取息子生まないと、そうでなくても、サオ《婿》仕事しないのに、考えただけでもムソウンニリヤ（恐ろしいことや）。分断した南北一つなるゆのいつなることか、シンミンチシデ（植民地時代）いつ終わるのかゆのと、カットンゴヤ（同じや）。ゆてもシンミンチシデ、クンナッタ（終わった）。南北一つなるゆのもいつか来るやげ。

クントルとって、プルコッチュついたアギ生むの南北一つなるゆよりオリョウンニリ（難しいこと）思えたやげ。アイゴ、カワソ《可哀想》に。クントル、死ぬる思いでハヌニム祈願した。このおカさんもどれだけ祈願したか。心全部なくなるぐらいやった。

ほんで、やっと四人目プルコッチュついたアギ生まれたやげ。

「ようやった」

おカさん、そないゆてクントルの手摑んだやげ。

「オモニ、これでわたしも一安心やわ」

クントルの晴れやかな顔、今でもおカさんの腐った頭ん中想い出す。クントル、ウリハッキョ（我々の学校）通ってたとき、おカさんに「ウリエ、ソオゥヌン、ムオイムニカ（我々の願いは何ですか）」訊いて、おカさん「トンポリ《金儲け》して、チャールサラ（ええ暮らし）することやげ」ゆた。ほんだら、クントル、満面の笑み浮かべて「アニムニダ。ウリナラ、ハナテエルゴムニダ（違います。祖国が一つになることです）」ゆた。そや、あのクントル想い出したやげ。

六鉦　神社

ちゃんと聞いてるか。

高山化学の跡取孫、イルミ《名前》典弘ゆた。ほんで、小っさおカさんのクナドゥル《長男》・正明のアイドゥル《こどもたち》イルミ、義信、義久、マンネイトル《末娘》・茉莉やげ。典弘、なんでか義信、義久、茉莉のあとついてよう遊んだ。勝山公園、疎開道路、イッチョトオリ《一条通り》、チョソンシジャン(朝鮮市場)、クリゴ《そして》、御幸森神社。

ナイ《歳》一番上の義信「典弘、一条通り、朝鮮市場はあっちやけど、神社は純粋にこっちやで」ておかしなことゆ。

「何、あっちて」

「あっちは海の向こうや」

「海の向こうにあっちがあるの」

「そうや」

「ほんじゃ、こっちは」

「こっちは日本や」

「ここ日本と違うの」

「神社は日本や。けど、一条通りと朝鮮市場は日本違う」

「ほなら、どこ」

「朝鮮や。典弘は朝鮮やで」

「義信兄ちゃんは何」

「おれらは朝鮮半分、日本半分や。そやからパンチョッパリ《半日本人》なんや」

「ほんだら、ぼくもパンチョッパリなりたい」

「そいつは無理や。パンチョッパリなれるのは朝鮮半分、日本半分のもんだけや」

「義信兄ちゃんも義久兄ちゃんも茉莉ねぇちゃんもパンチョッパリでぼくだけ朝鮮は嫌や」

「ほんだら、神さんにお願いしてみるか」

「うん、する」

典弘は神妙な顔付で、神社の賽銭箱の上からぶらさがったがらんがらん揺らせて「神様、どうかぼくをパンチョッパリにしてください」ゆた。

「典弘、おまえのお母ちゃんには黙っときや」

「なんで」

「なんでもや。言うたらえらい怒られるで」

「わかった」

「ここだけの秘密やど」

　義信、凄むようにゆた。

「うん」

　典弘、頷いた。

「ほな、指切りげんまん、せんと」

　茉莉、そないゆた。

「よし、典弘、指切りげんまん嘘ついたら針千本飲ます」

　典弘、チョッポンチェ《一番目》、義信、トゥボンチェ《二番目》、義久、セボンチェ《三番目》、茉莉、小指と小指絡ませて約束の指切ったやげ。

チョッパリがいい意味で使われていないことは小っさおカさん、ようわかってた。パンチョッパリはなおさらのことや。ほんで、先手打った。

「ええか。パンチョッパリいうのは誰もがなれるもんやあらへん。選ばれたもんだけがなれるんやで。そやさかい、パンチョッパリに誇りをもちや。何といっても、猪飼野一番の高山化学の社長があんたらの祖父で、猪飼野一番のいい女があんたらの祖母や。そのあいだに生まれたんが正明であんたらは正明の子供や。英語でいうとハーフや。でも、ハーフていう響き何やバターくさい。パンチョッパリがいい響きや。義信、言うてみ」

「パンチョッパリ」

義信、頭いいから小っさおカさんの心読んだやげ。そやから、力一杯、元気な声でそうゆた。義久も、

「パンチョッパリ」ゆた。

茉莉も、

「パンチョッパリ」ゆた。

一族の誓いみたいなもんやげ。小っさおカさん、

「御幸森神社の神様があんたらを見守ってくれてるよってに、パンチョッパリ、マンセ《万歳》、言うてみ」ゆた。

義信、「パンチョッパリ、マンセ」

義久、「パンチョッパリ、マンセ」

茉莉、「パンチョッパリ、マンセ」

「よう言うた。ほやけど、この話はここだけの秘密やで。特に愛子さんとこで口にしたらあかん。わかったな」


夏祭なったら、猪飼野のこどもら、御幸森神社のだんじり引き回した。典弘も義信も義久も茉莉も法被着てイッチョトオリ《一条通り》、疎開道路、だんじり曳いて練り歩いたやげ。だんじり曳きながら太鼓と鉦を打つ音に合わせて、義信、義久、茉莉、頭の中で「パンチョッパリ、マンセ」ゆてた。典弘もおんなしように「パンチョッパリ、マンセ」ゆた。

夏の暑い昼日中にだんじり曳いて汗たくさん流してご褒美に冷たいラムネもらった。ま、夏祭ゆたら猪飼野もウキウキした気分なる。

七鉦　呪文

お前も知ってるとおり、李朝はハンオーベンニョン（恨五百年）や。奈良ゆたらウリナラ《我が国》の「なら」や。猪飼野のはずれには百済駅もある。お前のはるか昔のチョサンニム《ご先祖様》、奈良に国作ったやげ。早い話がお前の国とイルボン《日本》、切っても切れん仲やげ。それがいつの間にお前の国、イルボンのシンミンチ《植民地》なった。ほんで、シンミンチシデ（植民地時代）、サミル（三・一）独立運動、パゴダ公園から始まったけど、イルチェ《日帝》に力で抑え込まれて潰されたやげ。

ナラないサラム《人間》、犬以下ゆのほんまや。猪飼野にチェジュサラム（済州島の人間）多いのもそのためやげ。ま、チャンソリ《愚痴》ゆても仕方ない。

クントルのサドン《婿親》、高山化学社長、バボ《阿保》やない。跡取孫、典弘生まれてから、跡取孫のため中山化学作って、そこの社長に英明した。高山化学は英明の弟の義明社長して、サドン会長なったやげ。巽に土地買って安物のヘップサンダル作る仕事場とヘップサンダルの底に使うゴム作る工場と家族一緒に住む家も建てたやげ。名義は跡取孫の典弘や。中山化学の番頭がチャグントル《次女婿》のサオ文太や。文太は自分のこと「サオダケ」ゆて面白がってた。

文太はイルボンサラム《日本人》や。おカさん、焼肉店してたとき、毎晩みたい来てた客やった。店手伝ってたチャグントル見て惚れたやげ。やくざみたい押しがあって喧嘩も強かった。どこぞの組からもスカウトされたみたいやけど、「やくざにはならん」ゆて断った。おカさん、そこ気に入った。サドンの同郷人の城山おっさんゆサラム、ゴム工場の職人さん、ほんでソンムンデネ《姐》さんゆ貼工《はりこ》（ヘップサンダル製造工程の最終作業を担う女性）いてた。貼工の仕事ひまなったら、海潜ってアワビ採ってた。ソンムンデネさん、大っきおカさんの遠い親戚や。大っきおカさんもからだ大きかったけど、ソンムンデネさん、城山日出峰《ソンサンイルチュルボン》みたいもっと大きかった。ソンムンデネさんの呪文がケサツ《警察》にはよう効いた。ケサツ、思い出したようにどんぶりこを摘発する。どんぶりこで来た城山おっさんもなるべく賑やかな所には行かずに工場の中で生活してた。静かに暮らしてても誰かが密告する。ほんで、ケサツも裏調査して突然やって来るやげ。城山おっさん、ゴムの原材料選り分けている最中にケサツぬっと顔出して「動くな」一喝した。

城山おっさんビクッと驚いて電信柱みたい突っ立ってブルブル震えていたやげ。事態を聞きつけたソンムンデネさん、貼工のコテ（ヘップサンダル製造に使う小道具）持ったまま走ってきて呪文ゆたやげ。

「シッピチルモンジカタビナバレタンマジャッソ（十七文地下足袋わたしの足にぴったしや）」

「何やお前。公務執行妨害で逮捕するぞ」

ケサツ、ソンムンデネさん見上げて威嚇した。それでも、ソンムンデネさん、城山おっさんの前に立って「シッピチルモンジカタビナバレタンマジャッソ（十七文地下足袋わたしの足にぴったしや）」ゆた。

「どけ」

ケサツ束なってソンムンデネさんどかそうとしたけど、ソンムンデネさんびくりともしなかったやげ。ソンムンデネさんのスイカぐらい大きなおっぱいに顔挟まれて、ハッハ、ケサツ窒息しかけた。そのうち、クントルも加勢して「何か悪いことでもしたのですか」言うてケサツ睨み返した。

「密入国者がいるとのことで調べに入っている」

「佐藤文太ですか」

「いや、城山という密航者や」

「そんな人間、中山化学にはおりません」

クントル、そないゆて白を切ったやげ。

「そこの人物は」

ケサツ、ソンムンデネさんの後ろに立っている城山おっさん指さした。すると、ソンムンデネさん、また、呪文ゆた。

「シッピチルモンジカタビナバレタンマジャッソ（十七文地下足袋わたしの足にぴったしや）」

すったもんだしているうちに文太、外から帰って来た。どこぞの組からスカウトされるぐらいやからケサツとも顔なじみや。

「佐藤やないか」

「ども」

「ここで仕事しているんか」

「番頭です」

クントル代わりに答えた。

「なるほど」

「事件でもあったんですか」

文太、ケサツに訊いた。

「密航者がいる、いうことで来たんや」

「あいにく、うちにはそんなもんいてまへん」

「ほんまか」

「ほんまです」

「あの、けったいな女は何なんや」

「貼工さんです」

「ヘップサンダルのか」

「へえ、そうでおます」

「わけのわからんことというて邪魔しよる」

「魔除けみたいなもんですわ」

「何か、わしらが鬼か悪魔いうことか」

「何やえらそうな相手見ると、わけのわからん呪文唱える癖がありますねん」

「別に、わしら偉そうにしているわけやない。仕事やからな」

「わかってます。ほんでも、そう見えたんや思います」

「難儀やな」

「ま、堪忍したってください」

「お前がそういうなら、仕方ないな」

「ども、えらいすんまへん」

「引き上げるわ」

「ご苦労様でした」

　文太はそないゆて頭下げた。ソンムンデネさん、追い打ち掛けるみたい「シッピチルモンジカタビナバレタンマジャッソ（十七文地下足袋わたしの足にぴったしや）」ゆた。

「勘弁してほしいわ」

　ケサツ、苦笑しながら出ていったやげ。とんだ捕物帳や、ハッハ。

　ソンムンデネさん、サ・サムサコン（四・三事件）起きた時、済州島いてた。李承晩《イスンマン》おっさん軍隊、チェジュサラム（済州島の人間）ぎょうさん殺して、大っきおカさんのチョッカ《甥》、ペルゲンイ《赤》ゆて銃殺するとこやった。ほんで、ソンムンデネさん、軍隊前出て、呪文ゆた。

「シッピチルモンジカタビナバレタンマジャッソ（十七文地下足袋わたしの足にぴったしや）」

軍隊、とんでもない化け物現れたみたい驚いたやげ。隊長みたいおっさん「撃て！」号令した。

軍隊、銃構えたまま、茫然としてた。隊長みたいおっさん、ファガナソ（激怒して）「撃て！」号令した。

やっぱし、軍隊、銃構えたまま、茫然としてた。ソンムンデネさん、タシハンボン（もう一度）、呪文ゆた。

「シッピチルモンジカタビナバレタンマジャッソ（十七文地下足袋わたしの足にぴったしや）」

ハッラサン《漢拏山》のオルム《丘》から反撃するサラム、次から次現れて、李承晩おっさんの軍隊に発砲したやげ。

「撃て！」

号令する隊長残して李承晩おっさんの軍隊、蜘蛛の子散らすみたいトマン《逃亡》した。ソンムンデネさん、中山化学の貼工なってるの、大っきおカさんの遠い親戚ゆこともあるけど、殺されかけたチョッカ助けたゆのも大きい。

八鉦　僧舞

それでな。チョソンチョンジェン（朝鮮戦争）休戦なって猪飼野サラム《人間》ホッと一息ついた頃、猪飼野センターで韓国芸術団の公演あった。南も北も同じ民族殺し合った悲惨な傷跡少しでも癒すの目的みたいやった。このおカさん《母》もイッチョトオリネ《一条通り姐》さんと一緒に観に行ったやげ。イエップンアガシ（可愛い娘）のプチェ《扇》チュム《舞》どチョッコ（よかった）。チャング《杖鼓》・プク《太鼓》・チン《銅鑼》・ケンガリ《鉦》でノリノリのサムルノリ（伝統打楽器奏者のパフォーマンス）どチョッコ。パルドガンサンノレ《八道江山歌》もチョッタ。

このおカさん、一番よかった思うの、スンム《僧舞》やげ。

舞姫、太鼓たたく木の棒両手に持って、両手を覆う袖の長い白いチャンサム《長衫》まとい、緩急の呼吸に合わせて袖を操りながら踊る。白いチャンサム、白いチマに青いチョゴリ、ほんで、白いチャンサムの上に赤いホンテイ《袈裟》をかけて、ゴカル《山形帽子》かぶってる。ゆっくりした動き、絶妙な足の運び、チョンマル《ほんまに》、この世のものと思えない美しい姿やげ。シンミンチシデ（植民地時代）、サ・サムサコン（四・三事件）、チョソンチョンジェン（朝鮮戦争）、南北分断、離散家族、ハンマディロ（一言）ゆたら、ハンオーベンニョン（恨五百年）プリ《ほぐす》する踊りやげ。十分、祈り捧げた踊りのあとに、白いチャンサムの中から太鼓敲く木の棒が現れる。舞姫、踊りながら木の棒カンと打ち付ける。乾いた魂の音やげ。高い台の上に置かれた大太鼓を優しく、激しく、踊りの呼吸に合わせて、敲いていく。大太鼓の皮を敲く深みのある音、大太鼓の淵を敲く甲高い音、おカさん、チョンマル、太鼓敲く音に合わせてイッチョトオリネさんと一緒にからだ揺らせてた。シンバン（神房＝済州島のシャーマン）にクッ《祈祷》してもらうときの恍惚とおんなじものや。おカさんの胸のなかスッキリしたやげ。

公演終わったあと、おカさん、イッチョトオリネさんと鶴橋駅裏のサパクラブで踊ったやげ。おカさん、舞姫のスンム乗り移ったみたい恍惚に踊った。イッチョトオリネさんも同じ感じや。

「ネさん、スンムほんまよかったな」

「おうよ、心のなかで泣いたやげ。チョンマル、カスムアプゲ（胸が痛い）したヨロガジ《色々な》つかえムルガッチ（水のように）流れた」

「マッスダゲ（そのとおり）」

「うちらの国、いつ一つなるかわからん。サンパルソン（三十八度線）挟んで北はソ連、南はミグギ《米国》バックいて、睨み合ってる。カットゥン民族《おなじ》やなのに、いがみ合って、チョンマル、プルサンハンイリヤ（不幸なことや）」

「マッスダゲ」

「ほんでも、このまま猪飼野でチャールサラ（いい暮らし）できたらええ」

「マッスダゲ」

「タヒャンサリ（他郷暮らし）どオレサルミョン（長く住むと）ネコヒャン（わが故郷）なるんで、気分複雑や」

「マッスダゲ」

「ネさん、相槌打つの、そのマッスダゲパッケ《他に》ないの」

「マッスダゲ」

「アイゴ、チッチ、ネさんには負けるわ」

「マッスダゲ」

「ハッハ、ネさん、チョンマル、おかしい。おかしくてチュグルチギョンイヤ（死にそうやわ）」

「ネさん、おっさんの味一人しか知らんのにトラガシミョン（あの世行き）、アンデ（あかん）」

「ゆても、ほかのおっさん、わたし要らん」

「ネさんのおっさんみたい男前いてへんからやろ」

「正解や」

「アイゴ、ようゆわ」

「ヨロガジ（色々な）おっさんの味知ってもわたしのインセン《人生》変わらん」

「ややこしなるだけやな」

「マッスダゲ」

「ハッハ、今度はネさんが、マッスダゲやな」

「アイゴ、ほんまや」

「ハッハ」

おカさんとイッチョトオリネさん二人して嗤ったやげ。チョンマル、イッチョトオリネさんと気合う。

その夜、寝てから舞姫現れてスンム踊る夢見た。ハヌニム《天の神様》に祈るみたい白いチャンサム、空に払い、片足立ちで腰をゆっくり上げ、清冽な動きする。チョンマル、素晴らしい踊りや。

九鉦　葛藤

サラム《人間》、好きになる気持ち、誰も止めることでけへんな。お前も恋愛したことあるからようわかるやろ。

高山化学の跡取孫・典弘、小っさおカさんのマンネ《末》イトル《娘》・茉莉のこと気になる存在やった。茉莉、小さい頃からピアノ習ってたやげ。義信、義久もピアノ習ってた。小っさおカさんの影響や。小っさおカさん、新地時代、日本舞踊、三味線、小唄、どれも達者やった。サドン《婿親》、小っさおカさんに惚れたん、それもある。芸の血筋は受け継がれるもんやな。ピアノ才能一番は茉莉やった。小っさおカさんの色気も才能も茉莉に遺伝したやげ。

典弘、茉莉のピアノ聴くの好きなって、茉莉の色気に心惹かれた。そやけど、典弘、茉莉の従弟や。思慕する気持ちあってもどないもでけへん。茉莉も典弘のこと従弟ゆことで可愛がったやげ。

イルボンサラム《日本人》、いとこ同士結婚することあっても、チョソンサラム《朝鮮人》、それ許されない。ゆても、好きゆ気持ちどないもでけへん。御幸森神社で典弘、茉莉二人して遊ぶことままあった。

「のりくん、将来、中山化学継いで社長なるんやね」

「乗り気やないねん」

「なんで」

「猪飼野から出たい」

「出てどうすんのん」

「ソウルに留学したいねん」

「なんでソウルなん」

「韓国人のアイデンティティをもちたい、と思ってる」

「何や、うちに対する嫌味やな」

「そんなん違う」

「パンチョッパリ《半日本人》、マンセ《万歳》やなかったん」

「それはそれでええねんけど、やっぱり、アイデンティティが欲しい」

「国の統一とか、考えてるの」

「そんなん違う。在日という存在がなんや、宙ぶらりみたいな感じでイヤなんや」

「うちかて同じやわ」

「茉莉ネェは正真正銘のパンチョッパリ、マンセやから、ええやん。ぼくのからだは韓国人でも心が日本人や。そやから、なんやこう分裂してる感じや」

「韓半島が分断しているみたいなもん？」

「かもしれへん」

「複雑やな」

「ほんま複雑やわ」

「ソウル行っても本質は変わらないのと違うかな」

「かもしれへん。でも、行ってみんことにはわからへんや」

「のりくん、ソウル行ったら、寂しくなるわ」

「ぼくだって、茉莉ネェと会えなくなるか、思うと寂しい」

「本当に？」

「本当や」

「嬉しいこといってくれるね。のりくん」

「ソウルに遊びに来てや」

「うん。きっと行く」

「約束やで」

「わかってる。指切りしよ」

「うん」

「指切りげんまん嘘ついたら針千本飲ます。指切った」

典弘と茉莉、見つめ合って頷いたやげ。

茉莉、何日間も典弘のソウル行き考えて、あれこれ悩んでいた。ほんで、茉莉、義信に典弘の話した。

「ソウルにな」

義信、考え込んでいるみたいゆた。

「何か心配?」

茉莉が義信の顔を覗き込むようにゆた。

「独裁政権やから」

「韓国のこと?」

「ああ」

「アイデンティティ求めてソウルに留学するのりくんに関係するの」

「そこがわからへん。普通には何も関係ない。そやけど、独裁政権は何してくるかわからへん」

「兄ちゃん、考え過ぎやわ。のりくん、革命家目指してソウル行くわけやないねんで」

「わかってる」

「うちも行ってみたいな」

「ソウルにか」

「そう。のりくんはアイデンティティ求めてやけど、うちはパンチョッパリを極めに行くの」

「面白いこというな」

「そうやろ。うちはパンチョッパリで大阪人や。大阪人の心意気をソウルで発揮するわ」

「おばあちゃんが許してくれるかな」

「大丈夫、うちが説得するよって」

その夜、茉莉、小っさおカさんにソウル行きの話したやげ。

「何考えてるの。あんたはええお婿さん見つけて結婚するのや」

「うち、やりたいことがあるねん」

「何を」

「おばあちゃん、日本舞踊できるやん」

「そやから」

「うちも舞踊がしたいねん」

「ピアノやっているやないの」

「ピアノはピアノ。舞踊は舞踊。別物やわ」

「そらそうや」

「ピアノは西洋、舞踊は東洋。うち、パンチョッパリやし、芸事もそれがええ」

「あまりややこしいこといわんといてんか」

「ちっともややこしいことなんかあらへん」

「ほんで、日本舞踊やりたいのんか」

「違う」

「ほな、何の舞踊や」

「韓国の伝統舞踊」

小っさおカさん、腰抜かすぐらいびっくりしたやげ。

「よりによって、なんで韓国の舞踊なん」

「うちのからだにはおばあちゃんの血が流れているよって、日本舞踊はできて当たり前。おじいちゃんの血も流れているよって、韓国の舞踊がしてみたい。うちが韓国舞踊できた時、おばあちゃんがいうパンチョッパリ、マンセが完成する思うねん」

「えらいこと考えつくな」

「おばあちゃんの孫娘やよってに」

「ほんま、仕様ないな」

「ソウル行かせてくれる」

「そのかわり、やるんやったら、一流にならんとあかんし」

「わかってる。任せといて」


大変なんは典弘のほうや。跡取孫がソウルに留学するいうことで、クントル《長女》、真っ先に反対した。

「何考えているの。あんたは跡取孫なんやで。あんたのお父さんは仕事ちゃらんぽらんやから、お爺《ハラボジ》さんどれだけ心配しているか、わかっているやろ。あんたがソウル留学して、万一何かあってみ、お爺さんの寿命あっという間に風前の灯になるわ」

「万一のことなんて何もないよ。ぼくはアイデンティティを探しにいくだけや」

「猪飼野にいてそのアイデンティティとやら探したらええやないの」

「猪飼野にはないねん。ソウルに行かんとあかんねん」

「そう思い込んでいるだけやないの」

「宙ぶらりな感じは猪飼野にいてもなくならへん」

「ソウル行くとなくなるの？」

「そういう予感がするねん」

「感覚的なもんやないの」

「そうかもしれへん。けど、感覚が大事なんや」

「あんたは苦労せんと育ったから、そんなおかしな感覚になっているんや」

「育ちの問題やのうて、本質の問題なんや」

「何が本質なん」

「ぼくという宙ぶらりの存在が本質や」

「そういえば、茉莉ちゃんもソウルに行くとかいうの聞いたけど、あんたは茉莉ちゃんに誘われたんやないの」

「誤解やわ」

「あんたが茉莉ちゃんを慕ってるのはわかってる」

「それはねぇちゃんとしてやんか」

「それだけか」

「それ以外に何があるの」

「いとこやし」

「わかってる」

「何か怪しいわ」

「勝手に勘ぐるのやめてや」

「どないしてもソウル行きたいの？」

「行きたい」

「お爺さん悲しんでもか」

「悲しむかな」

「悲しむわよ」

「悲しむかどうか、話してみんとわからへんや」

「じゃあ、わたしから話してみる」

「わかった」

　クントル、サドンに典弘のこと話したやげ。てっきり、サドン、跡取孫のソウル行き反対する思てたのに、サドン「自分の国に行ってみるのはいいことや。わしは賛成する」ゆた。

十鉦　手紙

でな。

ソウル大学入って二年目に典弘からクントル《長女》に手紙来たやげ。

オモニ、お元気ですか。ご無沙汰しています。この一年は慌ただしくてあっという間に過ぎてしまった、というのが実感です。今は大学生活も慣れ、ソウルの街並みにも愛着を感じます。ただ、国の情勢はキナ臭い様相を呈しています。南北分断が根本原因ですが、かといって、人々が憂鬱な顔付きかといえば、それはないです。人々はしたたかでたくましいものです。ソウルは冬の寒さに漢江《ハンガン》も凍結しそうです。でも、ぼくの心は春の陽気のようにポカポカと温かいです。一つにはいい友人ができたことです。名前は金光秀《キムグワンス》です。驚いたことに彼の実家もぼくと同じ猪飼野です。

一条通りの金山物産はオモニも知っていますよね。猪飼野では有名な会社ですから。彼はお父さんの影響を相当に受けています。国の統一を果たすことが彼の願望です。国の統一が果たされることはもちろん韓民族《ハンミンジョク》の悲願です。だけど、一個人の力には手にあまる大事です。

　ましてや、ぼくのような宙ぶらりの存在は韓国的なものを一つ一つ、落ち穂拾いのようにしながら身につけていくことがいい按配です。その点、茉莉ねぇちゃんは韓国伝統舞踊を着実にものにしています。ピアノも弾けて、伝統舞踊も踊れて、本当に茉莉ねぇちゃんは才人です。茉莉ねぇちゃんが目下、習得中の舞踊がスンム《僧舞》です。ぼくもスンムはとても好きな舞踊です。伝統の上に現代の粋さが表現されています。

　韓国伝統芸術団の公演をソウルで観た時、演目の一つがスンムでした。あの独特なリズム、息遣い、手足、腰の動き、白いチャンサム《長衫》を払う所作、そして、大太鼓を敲《たた》く繊細で力強い音の一つ一つがぼくのからだの奥深くに沁みてきました。ああ、ぼくは生きている、と実感できました。

　光秀はあまり伝統舞踊には興味をもちません。光秀の関心はひとえに国の統一です。一度、彼と口論したことがあります。

「国の統一いうても簡単なことやない」

「もちろん、ハッラサン《漢拏山》とペットゥサン《白頭山》をくっつけるぐらい難しいことや、いうことぐらいわかってる」

「ぼくらはアイデンティティを探すことのほうが現実的や思う」

「アイデンティティなんてものは熱狂にすぎない。オリンピックしかり、ワールドカップしかり、いわば祭典の時だけ熱狂するのがアイデンティティや」

「それはアイデンティティの表層で本質やない」

「じゃあ、本質は何なん」

「ぼくという宙ぶらりな存在」

「だったら、なおさらどう行動するかが大事でそれが本質や。餓えた子供に文学は役に立つのか、というテーゼにどう答える」

「ぼくにはどうすることもできんわ」

「典弘の限界はそこや。おまえは観念のなかで煩悶している。行動することでアイデンティティも見つかる」

「つまり、統一運動に参加せよ、ということか」

「正解。板門店に一緒に行った時のこと覚えているか」

「ああ、よく覚えているよ」

「三十八度線を境界に北と南に分かれて荒涼とした風景が広がっていたな」

「ぼくは何か現実のものに思えなかったわ」

「ただの風景として眺めているだけやからそう思う。北でも南でも三十八度線を越えて進撃してみ、第二次朝鮮戦争や。おれにはその光景が脳裏をよぎる。武力ではなく、対話で統一を成し遂げないとダメや」

「政治家もそれはわかっているやろ」

「いや、逆に分断を固定化させようとしている」

「どっちが」

「どっちもや。北も南も」

「じゃあ、ますます国の統一は難しいやないか」

「黙ってみていたらな」

「どうしようもないで。ぼくは宙ぶらりな自分のアイデンティティを探すのに精一杯や」

「自己中心的やな」

「仕方ないやん」

「現実逃避やな」

「ぼくの現実は内なる宙ぶらりや」

「統一運動をアイデンティティにしてみたらええやないか」

「ぼくの感性になじまないわ」

「典弘は感性的人間やな」

「ほんで、光秀は政治的人間か」

「そうなるかな」

「その言でいくと、ぼくは宙ぶらり的人間や」

「それも含めて感性的人間や」

「難儀やな」

オモニ、光秀はぼくと違い、聡明で行動的な人間です。それだけに韓国の情勢を考えると少し心配です。


人生わからんもんや。クントル、ヘチャやいうて袖にした金山物産孝雄の息子・光秀、ソウル留学で典弘のチング《親友》ゆことや。鶴橋駅前の喫茶店でクントルと見合いさせた時、孝雄、「国の統一に役に立つ仕事したい」ゆ立派なことゆてた。アイゴ、チョンマル《ほんまに》、あの親にしてこの子ありやげ。

十一鉦　自己

生きてると何やかんやある。お前にもそのうちわかる。

ハングゲソ（韓国では）好きな相手のこと、「チャギ」ゆ。「自己」ゆの自分のことやげ。相手を思うの自分を思うのとおんなしや。自己投影やげ。ほんで、「チャギ」ゆことなる。おカ《母》さんの時代にはなかった呼び方や。お前のおト《父》さんのことどない呼んでたかよう覚えてない。ま、このおカさんのことはええ。

典弘と茉莉､互いに「チャギ」ゆ仲なったやげ。これもパルチャ《運命》や。ゆても、プラトニックラブゆもんや。そこはいとこ同士やから、せいぜい手つないで、ハグして、ポッポ《キス》ぐらいや。男と女の関係にはなってない。人間、考えたら、男と女の関係なるのたやすいことや。お前のおトさん見てたらようわかる。好きゆ気持ちあって男と女の関係なる手前で踏ん張るゆの余計辛いことや。典弘と茉莉、お互いのアパ《部》ト《屋》カッタワッタ（行ったり来たり）した。

「チャギや、アイデンティティは探せたの」

「いまだ彷徨《さまよ》ってるわ」

「オデッセイやね」

「ゼウスに頼みたい心境や。ゼウス様、どうか、この彷徨えるわたくしめにアイデンティティをお与えくださいませ」

「チャギや、今の演技は評点三ね」

「五段階で？」

「アニ《違う》、十段階」

「ちと、厳しいな」

「もっと真剣に魂を込めて頼まないと」

「それやと演技やのうて本気やんか」

「本気で探しているのじゃないの」

「そうやけど、チャギはどう」

「何が」

「パンチョッパリ《半日本人》、マンセ《万歳》は完成しつつあるの」

「そうね。評点八ってとこかな」

「チャギは八でぼくは三か」

「才能の差だから仕方ないじゃない」

「自分でいうか」

「チャギや、こんなことわたしが言わないと誰が言ってくれるのよ」

「この世に一人はいてる」

「ヌグ《誰》？」

「わからんのん」

「チャギや、もったいぶらずにパッリ《早く》、マルヘバァ（言うて）」

「目の前にいるやろ」

「チッチ、身贔屓や」

「アニ《違う》、チンシル《真実》や」

「おおきに。涙ちょちょぎれるぐらい嬉しいわ」

「ご褒美は」

「目を閉じて」

典弘、茉莉ゆたとおり目を閉じた瞬間、茉莉、典弘にポッポしたやげ。瞬間、典弘心燃え上がった。典弘、自分を抑えることできず、茉莉を抱き寄せようとしたやげ。茉莉抗って、

「チャギや、ダメよ。ポッポだけ」ゆた。

典弘、男やからしたい気持ち強いの当たり前や。けど、茉莉の意思、断固たるものやった。こんな時ふてくされるの男やげ。典弘、横向いてひとりブツブツゆてすねた。

「ほかに好きなヨジャ《彼女》探そかな」

茉莉も慣れたもので「チャギや、ええのんやで、ほかに彼女つくっても」ゆた。

「そんなことできひん」

「精力発散させないとスッキリしないでしょ」

「自分でするからええ」

「キャンパスにいくらでも可愛い女の子《アガシ》いるやないの。意外と探しているアイデンティティ見つかるかもよ」

「それはない」

「どうして言い切れるの」

「どうしてもや」

「チャギや、経験は教師ていうじゃない。何事も経験が大事よ」

「せんでもええ経験はせんでもええ」

「ポッポまでしかダメと三十八度線敷いているわたしで満足できるの」

「仕方ないや」

「チャギや、だったらスマイルしてみて」

「そんな」

「つべこべいわずに、スマイル」

「わかった。スマイル」

「何、それ。まだ、ダダこねてるな」

「そんなことない」

「だったら、スマイル」

　ここで典弘、やっと笑顔見せたやげ。ゆてもぎこちない笑顔や。

「許してあげる」

　典弘、茉莉にはかなわない。茉莉、そのことようわかってた。主導権は茉莉にあったやげ。才能もあり、年も上、美人、何より、惚れた弱みてゆもんや。

十二鉦　貼工

　おカ《母》さんの話もっと聞きたいか。わかった。もっと聞かせたる。

　中山化学の近くに玄海荘ゆ古いアパトある。住んでるサラム《人間》、大体、どんぶりこ組や。

　廊下の壁にアパトの決まり書いた貼紙、字はハングルやげ。静かにせよ、とか、他人の部屋には勝手に入るなとか、喧嘩するなとか、盗みするな、とか、ま、そゆ内容や。

猪飼野ゆてもイルボン《日本》や。ケサツ《警察》の目もある。なんでわざわざハングルで書く。そこが面白いとこや。チェジュサラム（済州島の人間）、韓国と日本の境界あってないようなもんや。トロク《外国人登録証》持つサラム、どんぶりこサラム、猪飼野いてたら見分けつかへん。城山おっさんみたい外に出ないサラムまれやげ。たいがい、堂々と朝鮮市場、鶴橋駅裏、疎開道路、イッチョトオリ《一条通り》歩いてる。


亭主と一緒にどんぶりこで来たオッキ《玉姫》、若くて美人やった。ほんで働きもんや。オッキ、ソンムンデネ《姐》さんの遠い親戚や。そやから中山化学の貼工《はりこ》してる。亭主は短気で嫉妬深い男やげ。オッキ、仕事残業で帰り遅くなると、「何してた」ゆてほっぺた叩く。オッキ、カスムアプゲ《胸痛い》やわ、チョンマル《ほんまに》。可愛いアギ《赤ん坊》済州島の実家に預けてトンポリ《金儲け》のため猪飼野来たゆのにこの有様や。嘆き悲しむため息出て当たり前やげ。

貼工の稼ぎだけで済州島に家建てたゆ伝説生きてて、オッキも亭主もその伝説信じてどんぶりこで来た口やげ。現実は厳しい。成功したゆ話おおげさにふくらんで伝わる。見ると、聞くでは大きな違いや。オッキ、猪飼野来たはええけど、ヘップサンダル人気落ちて景気悪かった。おまけに短気で嫉妬深い亭主何かにつけてオッキのほっぺた叩く。アイゴ、お前のおトさん《父》もおカさんの髪の毛引っ張るわ足蹴にするわでチュグルチギョン（死ぬ思い）やった。女叩く男、チョンマル、ペケや。

オッキ、時たま、真昼間ふらっと出かけて、ケサツの前通りかかったりする。心の中で「わたしチャバ（捕まえる）して」ゆて叫んでるやげ。ケサツ捕まったら済州島に送り返される。そしたら、可愛いアギとも会える。

ソンムンデネさん、オッキの気持ちわかってる。

「オッキ、我慢しや」

「ネエ《はい》」

「短気の亭主、オッキ、別嬪やからやきもきしてるのや」

「アニムニダ（違います）。トンポリできないでイライラしてます」

「チッチ、オッキにムスン《何の》罪ある。ネズミのフンほども罪ない。ほんで、オッキに八つ当たりしてどないする」

「何のため猪飼野来たか、ネさん、チョンマル、わからんです。後悔します」

「オッキ、そのうちええこともある」

「そう信じたいです」

「生きてたら、ええことも悪いこともある。どっちかだけゆことない」

「ネさん、わたしのアギに会いたい。夢にわたし探すアギ出てきます。わたし辛いです」

「わかる、わかる。けど、今は我慢や。今、済州島戻ったら、元も子もない。チャンソリ《愚痴》ゆてる暇あったらトンポリヘヤジ（せんと）」

「ネェ」

　オッキ、気を直してヘップサンダルの底をコテで叩いて仕上げていく。

　ヘップサンダル景気いい時、やり手の貼工ゆたら便所いく間も惜しんでかたわらに置いたおまるで用足す。周りの目なんか気にすることない。目的はっきりしてる。トンポリぎょうさんして済州島帰ることや。こんな貼工、猪飼野あちこちいてた。そら、家の一つも建つ。

　それも今は昔の話やげ。

十三鉦　花札

ま、暇できたら花札するのが猪飼野サラム《人間》や。

ソンムンデネ《姐》さんも貼工仕事暇なったら、オッキ《玉姫》、城山おっさん相手に花札したやげ。仕事場に座布団敷いて、先ず、親決めや。

ソンムンデネさん、引いた札、松（一月）、オッキ、引いた札、桜（三月）、城山おっさん、坊主（八月）やげ。ほんで城山おっさんが親や。城山おっさん慣れた手つきで札配る。

「ぶらさがるもん付けてるねんから女に手加減せなあかん」

「勝負は厳しい、ネさん」

「アイゴ、おっさん厳しいとこ何度も助けてるやげ」

「感謝してまっせ」

「ほな、感謝の心見せてや。な、オッキ」

「ネエ《はい》」

「別嬪には手加減してもええ」

「アイゴ、このおっさん、十七文《シッピチルモン》キック食らいたいか」

「ノンダム《冗談》でんがな」

「チッチ、オッキにスケベ心もったら、おっさんテマドッパダ《玄界灘》投げ込むで。アランニャ（わかったか）」

「アラッスダ（わかってる）」

「ほれ、花見で一杯や」

「ネさん、こっちは猪鹿蝶や」

「アイゴ、抜け目ないおっさんや」

「わたし、カスばっかし」

「オッキ、じきええ札くる」

「ソウル留学してる跡取孫どないしてるかな」

「元気で勉強してるいうことや」

「どんぶりこで猪飼野来るもんもいてるいうのに、ソウル留学するの立派やげ」

「本当ですな」

「赤タンや」

「こっちは青タン」

「いちいち対抗するな、このおっさん」

「えらいすんまへん」

「何、謝ることある。謝らないでええから手加減しぃや」

「やってまっせ」

「どこがや」

「手加減ナシやとさっさと上がりですわ」

「言いたい放題やな」

「遠慮してまっせ」

「ま、ええ。ほんで、跡取孫、小っさおカさんとこの茉莉とええ関係ゆのほんまか」

「声が高い、ネさん」

「このからだや。仕方ない」

「ええ関係いうても男女の関係やないでっせ」

「おかしなことというな。男女の関係やからええ関係やろ」

「馬もいとこまでサンピ《近親相姦》しない、て諺あるやないですか。跡取孫も同じでっせ」

「チンシリニャ（真実か）」

「はい、チンシリイムニダ（真実です）」

「何や、ややこしいな」

「そっと、しとくのが一番です。ネさん」

「いつわしが騒ぎ立てるゆた」

「それより、跡取孫と同じソウル留学してる金山物産の孫、勉強より統一いうてるみたいでっせ」

「学生は勉強せんとあかん」

「留学なんて羨ましい話です」

オッキ、しみじみとゆた。勉強も大事やけど、国がおかしいとき、文句ゆ役はたすの学生やげ。サ・イルグ（四・一九）革命で李承晩《イスンマン》おっさん追い出されてハワイにトマン《逃亡》した。学生の勝利や。アイゴ、世の中、うまくいかんもんや。朴正熙《パクチョンヒ》おっさん軍事クーデター起こして独裁政権推し進めたやげ。

「月見で一杯、わしの上りや」

ソンムンデネさん、得意げに花札座布団に投げた。城山おっさん、顔しかめて「まいったな」ゆた。

本当ゆたら城山おっさん花札の腕ピカイチや。外出るの億劫やから、暇あったら花札してる。腕も上達するわけや。ゆても、ソンムンデネさんには何かと借りあるからヘタに勝つより負けているほうが無難ゆことやげ。まして、オッキもかたわらにいてる。ええとこ見せなあかん。花札負けても済州島に送り返されることない。ハッハ、負けるが勝ち、ゆやつや。

そこへ番頭の文太戻って来たやげ。ソンムンデネさん、オッキ、城山おっさん慌てて花札隠そうとしたけど、文太、「隠さんでもええがな。おれもしたかったんや。こいこいは神経臭いから、カブしよ」ゆた。

花札の絵柄で数字わかる。一＝松、二＝梅、三＝桜、四＝藤、五＝菖蒲、六＝牡丹、七＝萩、八＝坊主、九＝菊、十＝紅葉、十一＝雨、十二＝桐。雨と桐は用ナシや。

親のクッピン（九と一）、シッピン（四と一）、カブ（九）より強い。ブタ（二枚足して十か、三枚足して二十）で逃げ（勝ち負けに関係しない）や。マッチ棒一本、十円やげ。徳用マッチ箱から一人十本ずつ配る。全部負けても百円や。けど、額の多い少ないやない。カブやると、目付変わるやげ。親決めに山札から一枚づつ引く。ソンムンデネさん、坊主、オッキ、菊、城山おっさん、菖蒲、文太、梅。一番小さい月、梅やから文太、親や。

文太、二枚目の札ソンムンデネさんに配る。ソンムンデネさん、「こい」ゆて一枚もらう。オッキも、「こい」ゆて一枚もらう。城山おっさん、「シモ（札が不要）」ゆて神妙な顔付きなる。ソンムンデネさん、「サンタ（三）」で落胆する。オッキ、「後家（五）」でこれも落胆する。城山おっさん「オイチョ（八）」でワクワクしてる。親の文太、親指と人差し指でゆっくり花札目算して、ニンマリ笑い「カブ（九）」宣告や。親の総取りやげ。

「アイゴ、ついてない」

ソンムンデネさん、渋い顔や。

「わたしもチエ《運》スない」

オッキ、慨嘆する。

「勝った思たのに」

城山おっさん、地団駄踏んで悔しがる。

「勝つときもあれば、負ける時もある。人生と同じや」

文太、余裕のチャンソリ《戯言》ゆて、札を配り直す。ソンムンデネさん、大きなからだゆさゆさ揺らせて「シモ」ゆ。

オッキ（玉姫）、哀し気で色っぽい目付きして「こい」ゆ。

城山おっさん、前よりもっと神妙な顔付きなって「シモ」ゆ。

文太も一枚引き、勝負や。

「カブ（九）」

ソンムンデネさん、得意げにゆ。

「泣き（七）」

オッキ、札のとおり泣きそうな顔付きなる。

「カブ」

城山おっさん、貧乏ゆすりしながらゆ。文太、全く動じる気配なく、二枚の札、絞り込むように目算する。三人、固唾飲んで文太の札見詰める。

「インケツ（一）なれ」

心のなかで三人思てる。

「クッピン（九と一）」

　また、親の総取りやげ。

「アイゴ、番頭、鬼や」

　ソンムンデネさん、顔真っ赤にして怒る。

「心、鬼にせんと勝負に勝たれへん」

　文太、涼し気にゆ。文太、喧嘩も強いけど、花札も強い。

「番頭にはかなわん」

　城山おっさん、しょんぼりした顔でゆ。花札に関しては城山おっさんの天敵やげ。さっきまで負けるが勝ちやったのに、城山おっさん負けるが悔しいなってる。ハッハ、ゆてもいざゆ時、頼りになるの文太や。

「番頭、わしのおっぱい吸ってもええで」

　ソンムンデネさん、挑発するも「百万積まれても遠慮しとくわ」と文太にいなされる。

「ほな、オッキのおっぱいは」

　ソンムンデネさん、なお食い下がるも、「本人目の前にして何パボ(あほなこと)いうてる」と文太のカウンターパンチや。オッキ、顔真っ赤してうつむいて、それでも「アギ《赤ん坊》離れて、乳張ってる。番頭さん、吸いますか」とソンムンデネさん援護する。

「難儀やな。一発やらせてくれるんやったらええよ」

文太、チラッとオッキ視る。

「アイゴ、番頭、ひとの嫁さん一発するの罪やげ。わしので手打っとき」

「藪蛇やったみたいやな。冗談に決まってるやろ」

「チッチ、吐いた唾戻らん」

「わかった。チャラにしよ」

「ええ番頭や。わし惚れるで」

「勘弁してや」

「参ったか」

「ああ、参った」

「ハッハ、やったで」

ソンムンデネさん、得意げに大きなからだを揺らす。オッキも嬉しそうににっこり微笑む。それがまた色っぽい。城山おっさん、「ありがたや、ありがたや」ゆて合掌する。

十四鉦　事件

チョンマル《ほんまに》、ウリナラ《我が国》ぎょうさん事件ある。数えきれないくらいや。
イルチェ《日帝》からヘーバン《解放》されてサンパルソン（三十八度線）引かれたんがピグギ《悲劇》やげ。

呂運亨暗殺事件
四・三事件
麗水・順天事件
金九暗殺事件
六・二五事件
老斤里事件
信川虐殺事件
居昌虐殺事件

進歩党事件
五・一六軍事クーデター事件
黄泰成事件
人民革命党事件
統一革命党事件
金大中拉致事件
民青学連事件
朴正熙狙撃事件
ソウル大赤化事件
朴正熙射殺事件
粛軍クーデター事件
光州事件
釜山米文化センター放火事件
ラングーン事件
朴鍾哲拷問致死事件

大韓航空機爆破事件（巻末注記参照）

ほかにもまだまだ事件ある。全部、ゆの難しい。えらいことに金山物産孫・光秀、ソウル大赤化事件の首謀者ゆて逮捕された。北のチュチェササン（主体思想）広めてソウル大赤化企んだゆ罪やげ。猪飼野育ったから、近所に総連《チョンニョン》おっさんも民団《ミンダン》おっさんもいてる。猪飼野、あちこちでチュチェササンゆサラム《人間》いてる。チュチェササン信奉するチョニムイルクン（専任活動家）。チャンサ《商売》やりもってチュチェササン説くサラム。プラスチック射出成型機で製品作るチュチェササンサラム。裁断機でゴム板裁断するチュチェササンサラム。

片や、朴正煕《パクチョンヒ》おっさんマンセ《万歳》ゆサラムもぎょうさんいてる。朴正煕おっさんマンセゆサラム、軍事独裁やから漢江の奇跡起き[注3]たゆ。

光秀、アボジの影響受けてたから、チョチョン（朝青＝朝鮮青年同盟）にも顔出し、ハンチョン（韓青＝韓国青年同盟）にも顔出した。光秀、チョチョンで金日成《キムイルソン》偶像崇拝に異和感もって、しり込みしている時、チョニムイルクン、「万景峰号[注4]」停泊している新潟行き勧誘してきたやげ。新潟ゆたら、楽園求めて北に帰ったぎょうさんの同胞、最後に踏んだ土地や。薬屋おじさん家族も新潟最後の土地なってしもた。アイゴ、北行かんと猪飼野おったらよかったのに。カスムアプゲ（胸痛い）や。ほんで、光秀、嫌な予感してチョチョン出入りするの止めた。

ハンチョン、朴正煕軍事独裁断固反対、平和的民主化統一推進ゆスローガン掲げて活動してた。朴正煕おっさんマンセゆ民団から敵視され、チュチェササンの総連から友好的シンパ《共鳴》受けてた。猪飼野、チョンマル《ほんまに》、複雑なとこや。光秀、ハンチョンも異和感もった。朴正煕軍事独裁断固反対ゆのに北の独裁に沈黙してる。

光秀、ソウル大留学する決意することにした動機、南北分断の心臓部の一つであるソウルを身体で感じ取るゆことや。国の言葉も学べる。何より複雑な猪飼野離れることできるゆこと大きかったやげ。

ゆても朴正煕軍事独裁政権下のソウル、想像した以上に緊迫していてて、言論の自由もままならん状態やった。北の工作員も紛れ込んでいる様子や。実際、工作員に抱き込まれてピョンヤン《平壌》とソウル、ワッタガッタ（行ったり来たり）する学生いた。光秀にもアガシ《女》工作員接触してきた。同じ学部の学生で、キム・ユミゆ別嬪なアガシや。ユミ、巧みに光秀誘惑して互いに「チャギ（自己）」ゅ仲なったやげ。

「チャギや、外勢に依存する朴政権を評価できると思う」

「思わない」

「だったら、どうすれば韓国に民主化が訪れるか考えたことある」

「ぼくなりにはあれこれ考えている」

「そのあれこれはどういったものかしら」

「先ずは、民主的な選挙で朴正熙に勝てる政治家が学生、民衆と連帯すること。そして、選挙で勝ったあとは、北との対話を志向し、南北平和統一の礎《いしずえ》を作ることかな」

「チャギや、立派な思想をもっているわね」

「思想いうほどのものやない」

「あり方を思考しているのだから思想といえるわ」

「有難う」

「チャギや、で、もう少し深く思想を掘り下げてみたらどうかしら」

「というと」

「チュチェササン《主体思想》を自分のものにするのよ」

光秀の頭のなか、チョ《朝》チョン《青》のチョニムイルクン（専任活動家）の顔よぎったやげ。まさか、ソウル来てまでチュチェササンに遭遇するとは想像もしていなかった。

「チャギや、わたしがチュチェササンよ。わたしを抱くチャギはチュチェササンを抱いたも同じよ」

「おかしいことというね。チャギはチャギ。チュチェササンはチュチェササン。別のものや」

「チャギや、わたしのことが嫌い」

「そんなことはない」

「だったら、わたしのいうことを聞いて、お願いだから」

「押しつけはダメ」

「じゃあ、もっと押しつけちゃうわ」

ユミ、豊満なからだ、光秀に密着させる。光秀、たまらずユミ、強く抱きしめる。

「チャギのチング《親友》、高典弘氏もチュチェササンなってくれないかしら」

「あいつはノンポリやからあかん」

「チャギや、そこをうまくやってほしい。わたしを好きにしていいのよ」

光秀、ユミを貪り尽くしながら不吉な感じもったやげ。ハニートラップ《色仕掛け》ゆ言葉、脳裏よぎった。

　実際、ユミ、忽然と消えた翌日、秘密情報部員数名、光秀連行したやげ。

「ソウル大赤化陰謀罪」

　光秀、ソウル大赤化陰謀団の首謀者ゆことなってた。取り調べ官の尋問に、光秀「なんのことかわかりません」ゆて答えた。

「とぼけても無駄や。証人がいる」

「証人？」

「わからんか」

「わかりません」

「キム・ユミは知っているな」

「はい、同じ学部です」

「彼女はお前の正体を暴露している」

「何の正体ですか」

「お前がソウル大に留学した目的は総連で思想教育受けたチュチェササン（主体思想）を

学園に浸透させ、南北分断された韓半島を赤化統一することにある」

「彼女がそう言っているのですか」

「そういうことだ」

「濡れ衣です」

「認めないなら認めるようにするまでだ」

「ユミに会わせてください」

「会わせるわけにはいかない」

「どうしてですか」

「彼女も同罪で取り調べ中だ」

光秀、うなだれて沈黙したやげ。惚れたユミを密告するわけにいかず、逆に密告された衝撃、脳天打った。悪夢見ているのだと自分に言い聞かせても虚しい。ドラマや映画で観る取調室に座らされて威圧的に自供を迫られている現実から逃避するすべなかった。

典弘も連座して逮捕されたゆこと判明したやげ。真相はでっち上げや。

朴正熙おっさん生き延びるため同胞、僑胞問わず、でっち上げで北の脅威宣伝したやげ。

十五鉦　救済

猪飼野、鍋ひっくり返したみたい大騒ぎなった。金山ネ《姐》さん、孝雄、クントル《長女》、ソンムンデネさん、急遽帰国した茉莉、光秀中学同窓生、典弘中学同窓生、猪飼野集会所集まって救援会作った。鶴橋駅前で署名活動、記者会見開いて真相究明訴えた。

　金山ネさん、涙浮かべて、

「光秀、チュチェササン《主体思想》広めるためソウル大留学したわけない。国思う気持ち罪なるのおかしい」ゆた。

　孝雄、沈痛な顔付で、

「息子の光秀は当局が告発した総連工作員としてソウル大学に入ったという罪状は全くのでっち上げです。ましてや、赤化陰謀を働いたなど茶番以外の何物でもないです」ゆた。

　クントル、顔歪めて、

「典弘はおかしなことをする息子ではありません」ゆた。

　ソンムンデネさん、大きなからだ揺らせて、

「アイゴ」ゆた。

　茉莉、悲壮な顔して、

「典弘君は在日の存在は宙ぶらりと感じていました。その宙ぶらりな感覚をソウルに行くことで変えることができるのではないか、という極めて個人的な思いがありました。そんな典弘君がチュチェササンに洗脳されて赤化統一を企むことなどあり得ないです」ゆた。

　光秀中学同窓生、

「光秀君は中学時代、クラブ活動も勉強もできて文武両道でした。自分が在日であることや、本国の将来のこともよく考えていて卒業文集には『一つになる願い』を寄稿していました。このたびの不当な拘束には心から憤りを覚えます。何としてでも光秀君を取り戻さなければなりません」ゆた。

　典弘中学同窓生、

「典弘君は在日であることに不条理を覚えながらも明るくて優しいクラスメートでした。赤化統一の陰謀といういかにも空恐ろしい響きに典弘君が重なるイメージはもち得ませ

ん。南北分断を固定化せんと企む政権が描いたシナリオに典弘君らを押し込めようとしています。典弘君らを救出する活動を広めていきましょう」ゆた。

ソウル大留学生救援会、こないして発足したやげ。朝鮮市場、イッチョトオリ《一条通り》、疎開道路、鶴橋駅前、猪飼野いたる所、ポスター、横断幕、張り巡らされ、街宣運動も活発した。チョンマル《ほんまに》、イサンハンニリヤ（異常なことや）。

クントル、茉莉家呼んで二人きりで話したやげ。

「わたしは何も手につかへん。ほんまにひどい話や」

「おばさん、わたしも同じです。のりくん、何も悪いことしてないです」

「光秀いう子にそそのかされたんか」

「光秀君は対話による平和的統一を目指して活動していたのは確かです。でも、赤化統一は当局のでっち上げです」

「でっち上げでも、世間はそう思わないのと違う」

「世間はマスコミにミスリードされがちですから、懸念はあります」

「わたしはソウル行き反対したんや。こないなことになるのやったら、もっと強く反対しとくんやった」

「わかります。でも、のりくんは純粋に自分のアイデンティティを求めてソウルに行っただけです」

「そやのにチャバ《逮捕》されたやないの。茉莉ちゃんもソウル行く言わずに、典弘に反対してくれてたらよかったたんや」

　クントル、まるで茉莉に罪あるみたいゆた。茉莉、唇噛みしめてしばらく黙ってた。ほんで「結果だけを見ると、おばさんの言うとおりです。でも、のりくんもわたしもソウル行くことで自分探しができる思たんです」ゆた。

「猪飼野いてて見つけることできないものなの」

「人それぞれや思います。少なくても、のりくんとわたしはソウルで自分探しをしたい、と思ったんです」

「茉莉ちゃん、あんたが典弘のソウル行きをそそのかしたいうことはないの」

　クントル、きつい目で茉莉見詰める。

「おばさん、それは違います。どちらかいうと逆です。のりくんがソウル行ってアイデンティティを求めるという決意にわたしが心動かされたんです」

茉莉、毅然とした顔付きでゆた。サドン《婿親》、病床から気配感じて、二人いる部屋に入ってきたやげ。

「アボジ」

「おじいちゃん」

クントル、茉莉、同時にサドン見た。無精ひげ生やしたサドン、苦しげに息吐きながら「跡取孫はどうした。なぜここに帰ってこない。ソウル行くのは祖国での体験が貴重なものだからわしは賛成した。何も捕まるために行かせたわけではないぞ」ゆてゲホゲホ咳したやげ。

クントル慌ててサドンの背中擦った。茉莉も一緒にサドンの背中擦った。

「わしは納得できん。罪もない跡取孫を逮捕する国が許せん。跡取孫が赤化統一なんて思想のかけらでもあったら、このわしが真っ先にソウル行きを反対した」

「アボジの言うとおりです。わたしがアボジに相談せずに、はなから強く反対しておくべきだったんです」

「いや」

サドンはそう言ったきりまたゲホゲホ咳した。

「おじいちゃん」

茉莉、懸命にサドンの背中擦る。

「アボジ、心配ですから寝てください」

クントル、そないゆてサドン促したやげ。サドン、クントルと茉莉に支えられて部屋戻った。

十六鉦　判決

チョンマル《ほんまに》ひどい話や。光秀、典弘、連行されてからソウル地方法院《裁判所》で判決受けるまでタンハンサラム（ただのひとり）も面会許されなかったやげ。親、チング《親友》、救援会サラム《人間》、弁護士、ツテ、コネ、みんな追い返された。大法院《最高裁》玄関前の石碑に「自由、平等、正義」ゆ文字刻印されてる。ターコジンマル（全部嘘）やげ。自由《チャユ》ドオップコ（もなく）、平等《ピョンドウン》ドオップコ、正義《チョンイ》ドオップタ。自由の裏に独裁、平等の裏に差別、正義の裏に悪意貼りついてるやげ。

ソウル地方法院判決の日、傍聴席に金山ネさん、孝雄、クントル、ソンムンデネさん、茉莉、救援会サラム駆けつけ、被告席の光秀、典弘見守ってた。白い収監服着た光秀、典弘二人とも青白い顔してやつれてた。孝雄、昔のまま別嬪のクントル見て、胸ドキンした。ゆても、瞬間だけの話や。クントル、孝雄気にも掛けてなかったやげ。

金山ネさん「光秀」ゆた。

クントルも「典弘」ゆた。

血相変えた廷吏走ってきて「声を出すな。声を出すと退席させるぞ」ゆて脅かした。

金山ネさん「アイゴ、半年も顔見てない孫見て、名前呼んだだけや」ゆて抗議した。

廷吏が鬼の形相でいう。それでも、クントル、平然と「面会も叶わなかったのに法院だろうと学院だろうと我が子を呼ぶのに何遠慮することありますか」ゆた。

「ここは法院だぞ」

検察官、クントル睨みつけて拳銃でもぶっ放しそうな気配やった。

「静粛に」

裁判長、木槌叩いて警告した。

不思議なことに依頼した覚えもない弁護士、間の抜けた顔して茫然としてた。

裁判長、判決文に目を通し「では、判決を申し渡す。被告人金光秀を赤化統一陰謀罪により死刑、同じく被告人高典弘を赤化統一陰謀罪幇助により無期懲役とする」ゆた。

一瞬の出来事やげ。天国か地獄かゆの決めるの一分もない間や。ソンムンデネさん「シッピチルモンジカタビナバレタンマジャッソ（十七文地下足袋わたしの足にぴったしや）」ゆた。

「ムスンマリヨ（どういうことかな）」

裁判長、検察官、弁護士、一同、不可思議な顔付きでソンムンデネさん見た。

「判決が不当と言っているのでは、と思います」

弁護士、神妙な顔付きでゆた。

「貴殿は黙って座っていればいいのです」

裁判長、ゆでだこみたい顔真っ赤にしてゆた。

「国の正義に見合った妥当な判決です」

検察官、真面目な顔してゆた。

「シッピチルモンジカタビナバレタンマジャッソ（十七文地下足袋わたしの足にぴったしや）」

ソンムンデネさん、大きなからだ揺らせてタシハンボン（もう一度）ゆた。突然、廷内の紙類が旋風に巻き上げられたかのように空を舞った。電灯もチカチカと点滅した。建物がぐらついたかのように揺れた。

「天変地異だ」

裁判長、叫びながら脱兎のごとく退散し、検察官も消え、弁護士、机の下に隠れ、廷吏、ことごとく霧散した。光秀、典弘、茫然と被告席、座ってた。

「光秀」

孝雄、身を乗り出して息子を抱きしめ、

「こんなことがあってたまるか。必ず助け出す。負けたらあかん」ゆた。

「アボジ《お父さん》、大丈夫です。ただ、典弘を巻き込んで申し訳ない」

光秀、悄然とゆた。

「おまえも巻き込まれた被害者やないか」

「でも、脇が甘かったせいでみんなに迷惑をかけてしまい、慚愧《ざんき》の極《きわ》みです」

「典弘、すまんかった」

光秀、典弘に謝ったやげ。

「用意周到に計画された陰謀にぼくらは嵌められたんや。光秀のせいやない」

典弘、やつれた笑顔みせてゆた。

「チャギや、からだは大丈夫なん」

茉莉が心配げにゆた。

「ボチボチや」

「大阪商人のせりふみたい」

「チャギや、アイデンティティ探す前にこんなことになってしもた」

「ソウル留学することなかったわね」

「いや、ソウル留学は後悔してへん」

「チャギや、猪飼野に戻れるように救援活動するからね」

「有難う。でも、あまり無理しないで」

「ちょっとぐらい無理させて」

「わかった。ちょっとだけやで」

「わかった」

茉莉、頷く。

クントル、邪魔しないよう見守っていたけど、一言「典弘」ゆた。

「オモニ《お母さん》」

「あんたのことは信じてる」

「うん」

クントル、典弘の手をつかんで「からだ気つけて」ゆた。

「うん」

典弘、こっくり頷いたやげ。

「不当判決に抗議するぞ」

救援会サラム、そないゆて気勢上げた。

忘れ物を取りに来たかのように廷吏、光秀、典弘連れて行ったやげ。

十七鉦　祈祷

サドン《婿親》、跡取孫、無期懲役判決受けたショックで生野病院のベッド寝込んだきり、起き上がれなかったやげ。大っきおカ《母》さん、小っさおカさん必死で看病した。けど、サドン、よくなる見込みなかった。

イッチョトオリ《一条通り》から朝鮮市場抜けて運河渡った先、右曲がったところトットナリ《鶏小屋長屋》あって、そこに猪飼野一番のシンバン（神房＝済州島のシャーマン）いた。藁をもすがる考えで、大っきおカさん、小っさおカさん猪飼野一番のシンバン《神房》にクッ《祈祷》挙げてもらうことした。

お前のおト《父》さん時も生駒山の韓寺でチビョンクッ（病を治す祈祷）挙げたけど、アイゴ、あの世行った。猪飼野一番のシンバンやと一縷の望みある。大っきおカさん、小っさおカさん、サドン生野病院からトットナリ移してチビョンクッ挙げたやげ。三日三晩、猪飼野一番のシンバン、銅鑼、鉦の音合わせて踊るうち、霊が乗り移ったやげ。恍惚状態のシンバンの語り始まった。

「アイゴ、亡国の悲しみ、分断の悲しみ、オッチ《なぜ》ウリ《我々》が背負うことなった。解放されてコヒャン《故郷》戻ったお前の希望、サ・サムサコン（四・三事件）で消えた。お前のいとこペルゲン《赤》イゆことで李承晩《イスンマン》おっさんの軍隊銃殺した。北にトマン《逃亡》した親戚もいたけど、お前はイルボン《日本》密航した。それが正解やった。チョソンチョンジェン（朝鮮戦争）勃発して、北にトマンした親戚爆弾であの世行った。不幸のあとに幸福来るの人生や。ウリが背負った不幸、ヌガ《誰が》取り払ってくれる。ハンオーベンニョン（恨五百年）時代、ウリがヤンバン《両班》権威かざしてサンノム（常人＝庶民）虐げた罪、テマドパダ《玄界灘》より深い。その報い来てる。ウリの罪償うパルチャ《運命》背負ってるのはお前や。お前が懸命にハヌニム《天の神様》にお祈りせよ。亡国の悲しみ、分断の悲しみ、サ・サムサコン（四・三事件）の悲しみ、チョソンチョンジェンの悲しみ、ウリが背負った不幸モードゥ《みんな》お前が背負って懸命にハヌニムお祈りせよ」

猪飼野一番のシンバン、ギロリと大っきおカさん、小っさおカさん、クントル見詰め「お前たちも懸命にハヌニムお祈りせよ」ゆた。

大っきおカさん、小っさおカさん、クントル、銅鑼、鉦に合わせてからだ揺らせ始めた。頭のなか、ふだんのままやと乗り移らない。猪飼野一番のシンバンみたい恍惚状態なってきたやげ。銅鑼、鉦、一段と激しく打ち鳴らされた。大っきおカさん、立ち上がり、小っさおカさんも立ち上がり、クントルも立ち上がって踊りだしたやげ。

「チョッチ《よし》、ハッラサン《漢拏山》、ミッピジンイ《すすき》風にそよぐようにもっともっとチュムチュラ《踊れ》」

猪飼野一番のシンバンそないゆて自らチュグルチギョン（死ぬ思い）で踊ったやげ。

サドン死ぬか生きるか淵《ふち》さまよってた。跡取孫受けた判決、サドン生きる力奪ったやげ。ゆても跡取孫一目見ずにあの世行くのもままならん話や。三途の川渡る前、地獄の裁判官、サドンに「お前は一体どのような罪犯してここに参ったか」ゆた。

「サ・サムサコン逃れて密航して猪飼野戻ってきました」

「それで」

「今里新地の売れっ子芸子に手出して猪飼野妻にしました」

「それから」

「済州島に嫁残して来たのに猪飼野妻との間に子供作りました」

「確かにそれは罪だの。で、人を殺《あや》めたのか」

「とんでもないです。参鶏湯《サムゲタン》作るのに鶏は殺めました」

「チッチ、くだらん。ほかには」

「跡取孫がソウル留学するのを断固反対するべきでした」

「何故」

「ソウル留学したためでっち上げの罪着せられて無期懲役になりました」

「そうなるだけのことをしたからではないのか」

「違います。独裁政権のスケープゴートにされたのです」

「ふむ。それはお前の罪ではなく、独裁政治家の罪じゃの」

「いえ、未然に防ぐことができたのにそれができなかったのです」

「だから、お前は自責の念に駆られてここに参ったのか」

「そうです」

「では、判決を申し渡す。被告・高基南は三途の川を渡ること能わず」

「裁判官様」

　サドン、そう叫んでみたけど、地獄の裁判官、サドンの後ろに待つ別の者を呼びつけた。

「アイゴ」

　サドン、打ちひしがれてうめいたやげ。

「さあ、戻れ」

サドン、地獄の廷吏に追い立てられてこの世に舞い戻ったやげ。

十八鉦　化身

猪飼野一番のシンバン《神房》のチビョンクッ（病を治す祈祷）、チョックム《少し》効いた。サドン《婿親》、あの世からこの世に戻ってきたやげ。跡取孫せめて一目見るまで命つなぐ気力出てきた。トットナリ《鶏小屋長屋》から生野病院に戻ったサドン、虚ろな目で「典弘」ゆた。

家族みんな待ち望んだサドンの声やげ。蚊の鳴くような弱々しい声でも生きてる証や。永い眠りから目覚めて発した一言が、跡取孫名前やった。大っきおカさん、小っさおカさん、クントル《長女》鳴咽したやげ。この場に典弘いて、「ハラボジ《お祖父さん》」ゆたらサドンの魂深く暗い谷間から跳び上がったの間違いない。アイゴ、プルサンハンイリヤ（不幸なことや）。典弘、ソウル大学アニゴ《ではなく》ソウル刑務所中やげ。ほんで、驚いたことに学生服着た典弘、大っきおカさん、小っさおカさん、クントル間縫ってサドンベッドかたわら立って「ハラボジ、典弘です。猪飼野に帰ってきました」ゆた。

「典弘」

サドン、か細くなった手、差し出した。典弘、サドンの手握り返して「もう、ハラボジの傍を離れません。だから、安心してください。典弘はアイデンティティ求めてソウル行きましたが、ハラボジのいる猪飼野がアイデンティティであることがわかりました。典弘はずっとここにいます。ハラボジ、一日も早く元気なってください。家族のために元気なってください。大っきおカさん、小っさおカさん、オモニ《お母さん》みんなハラボジが元気になるのを待ち望んでいます。典弘は猪飼野で生きていきます。中山化学を大きくしていきます」ゆた。

大っきおカさん、小っさおカさん、クントル突然現れた典弘見て「奇跡や」ゆた。

実際、いるはずのない典弘夢幻のように現れ、サドン励ましてる。奇跡、イエス・キリストだけの専売特許アニダ《違う》。猪飼野一番のシンバン挙げたクッ《祈祷》お蔭あったやげ。サドン、上半身起こして「典弘、よう戻ってきた。わしは死ぬ手前まで行った。こうしてお前の顔を見れるとは夢にも思わなかった」ゆた。

「ハラボジ」

「典弘、お前は高家の大事な跡取孫や」

「ハラボジ、典弘は親孝行、祖父母孝行を忘れることはありません。チョサンニム《ご先祖様》のチェサ《法事》も怠りはしません」

「さすが高家の跡取孫や。わしは安心した。安心していつあの世行ってもいい」

「縁起でもないことを言わないでください」

「いいや。人間、いずれあの世行く宿命や。わしにはその覚悟はある。高山化学、中山化学、小山化学どれも大事な会社や。典弘、ソウル留学した知識と知恵を発揮して高、中、小すべて統率する人間になれ」

「わかりました」

「約束してくれるか」

「はい、約束します」

「これで思い残すことはない」

　サドン、ぱたりと仰向けに寝て、眠るみたい目を閉じたやげ。

「いや、ハラボジ、死なないで」

サドンに覆いかぶさった典弘、帽子落ちて束ねた髪の毛はらりと垂れた。典弘正体、茉莉やったやげ。大っきおカさん、小っさおカさん、クントル、つかの間の奇跡、陽炎みたい消えていくの見た。ほんで、サドン亡骸縋《すが》って嗚咽したやげ。

十九鉦　特権

鶴橋駅前ゆたら猪飼野の顔みたいなもんやわ。お前もそう思うやろ。おカ《母》さん、どっちかゆと鶴橋駅裏行くこと多かった。そや、イッチョトオリネ《一条通り姐》さんとサパクラブいってた。ま、駅裏のことはええ。

茉莉、鶴橋駅前で典弘、光秀救援ビラ配ってた。構内入ったら駅員注意してくる。目の前の車道、待機タクシー縦列駐車して、トラックやら自家用車にバイク行き交う。ほんで、狭い歩道でビラ配るしかない。

学生、主婦、中年サラリーマン、老齢者、道行くサラム《人間》、色々や。手にしたビラの内容読むサラムたまにいる。

「デッチ上げ！　ソウル大赤化事件」

ビラの見出しと茉莉比べて感心する学生、ビラ手にしたまま買物袋に入れる主婦、茉莉に話しかける中年サラリーマン、眼鏡外して何度もビラ見詰める老齢者、チョンマル《ほんまに》、様々やげ。

何かザワザワしたサラム《人》ドゥル《々》動きのあとに、ムソウン《恐ろしい》叫び聞こえた。

「ちょうせんじんみのむしころころまるめてきにつるせ」

「かんこくじんやきにくじゅうじゅうやきこがせ」

「いいきになるなよ。しまいに、いかいのだいぎゃくさつするで」

狭い歩道いっぱい集まって叫んでるサラム、普通の恰好してる。憎悪の鉄槌で頭叩かれた茉莉、茫然自失で突っ立ってた。手にしたビラ強く握りしめてもう一度耳澄ました。

「ちょうせんじんみのむしころころまるめてきにつるせ」

「かんこくじんやきにくじゅうじゅうやきこがせ」

「いいきになるなよ。しまいに、いかいのだいぎゃくさつするで」

茉莉、現実の出来事とは思えなかった。典弘、茉莉生まれ育った猪飼野に現れたおぞましい集団の聞くに堪えない憎悪の雄たけび。茉莉、白昼夢でも見ているかのような感覚に襲われたやげ。バトルアニメの殺戮ゆたらテレビなかだけの世界や。気に入らんかったら、チャンネル変えたらすむ話やげ。それが、電子回路ショート起こして現実世界飛び出てきたみたいもんや。

鶴橋駅前集まったサラムドゥル、アニメアニラ《違って》、チンチャ《本物の》サラムや。茉莉、チョンシン、パッチャ、チャリョ（精神しっかりして）イサン《異常な》ハン集団のリーダーとおぼしきサラムつかまえて「責任者の方ですか」ゆた。

「あんたは」

頑強な体躯した責任者鋭い目付きでゆた。

「茉莉です。こちらはどのような団体なのですか」

「ほうこくかい」

「何を報告するのですか」

「報告やのうて、奉国や。国につくすことを使命にしてる奉国会。おれは奉国会会長。そのビラは？」

会長、茉莉の手元に目をやってゆた。

「ソウル大赤化統一事件で拘束されている高典弘君救出呼びかけのビラです」

「何やそれ」

「在日コリアンのアイデンティティを探しにソウル大留学してデッチ上げの罪きせられた高典弘君を救出するために活動しています」

茉莉、周囲の叫び声にかき消されないよう大きな声でゆた。会長、茉莉蔑むように「おまえもちょうせんじんか」ゆた。

「パンチョッパリ《半日本人》です」

「やったら、ちょうせんじんやないか」

「でも、わたしは日本人です」

「ちょうせんはちょうせんや」

「ちょうせんの何があかんのです」

「あかんも何も、おまえら特別永住の特権振りかざして好き放題しとるやないか」

「特別永住のどこが特権なんです」

「ほかの外国人と同じ在留資格もっとったらええねん」

「歴史が違うでしょう」

「ほらでた。金科玉条みたいに何かいうたら歴史もちだして、やれ、強制連行されたの、従軍慰安婦にされたのほざいて特別永住取っとる。その在日特権をはく奪するのがわしのミッションや」

茉莉、怒りに打ち震えて会長睨みつける。

「日本が韓国を侵略したことが根本原因です」

「日本が侵略した証拠でもあるのか」

「あなたはナチスドイツのアウシュビッツを生き残ったユダヤ人にホロコーストの証拠はあるのか、と訊くのですか」

「話を逸らすな。ユダヤ人のことは置いておけ」

「本質は同じです」

「おれはちょうせんじんの話をしてるんや」

「侵略した証拠あるのか、と訊くからホロコーストの例を出したのです。それは歴史の事実です」

「パンチョッパリていうてたな」

「事実ですから」

「ほな、おまえもまっさつされるな」

「どうしてです」

「ちょうせんじんやからや」

「わたしは日本人です」

「うん？　パンチョッパリなんやろ」

「そうです」

「ほんだら、ちょうせんじんやないか」

「でも、わたしの国籍は日本です」

「帰化したんか」

「生まれたときから、日本人です」

「わけわからん」

「日本の侵略がそうしたのです」

「うるさいわ」

茉莉、鶴橋駅前でおかしな連中に取り囲まれて危険な状態や、ゆことソンムンデネ《姐》さん耳に入ったやげ。

「アイゴ。かんじんなとき、番頭いてへん。オッキ《玉姫》、わしちょっと様子見てくる」

「ネエ《はい》、気つけて」

　オッキ、心配気にゆた。

「コッチョンマラ（心配するな）」

　ソンムンデネさん貼工仕事やめて、中山化学外飛び出た。ソンムンデネさん、だてに城山《ソンサン》日《ィ》出《ル》峰《ボン》みたいからだ大きいのと違う。走る速さ物凄いやげ。あっという間、鶴橋駅前たどり着いた。汗タラタラ流れて、どしゃぶり状態やげ。鶴橋駅前集まってたサラムドゥル「雨や」ゆて折りたたみ傘広げた。

「茉莉チャン！」

　ソンムンデネさん、耳つんざく声音で叫んだ。会長と対峙してた茉莉、まさかソンムンデネさん来てる、思わなかった。空耳、と勘違いしたけど、会長の驚愕した顔見て、振り返った。奉国会の人だかりからからだ半分以上抜け出たソンムンデネさんと目遭った。

「茉莉チャン！」

ソンムンデネさん、奉国会人だかり押しのけて茉莉向かって突き進んだやげ。会長、あとずさりながら「何や、あれ」ゆた。

「ソンムンデネさんです」

茉莉、狼狽する会長にゆた。

「ちょうせんじんか」

「生粋の済州島人です」

「同じことやろ」

「広義にはそのとおりです」

会長、唖然とした顔付きで「シュプレヒコール」ゆた。

「ちょうせんじんみのむしころころまるめてきにつるせ」

「かんこくじんやきにくじゅうじゅうやきこがせ」

「いいきになるなよ。しまいに、いかいのだいぎゃくさつするで」

奉国会サラムドゥル傘さしながら一斉にゆた。すると、ソンムンデネさん、雷鳴と変わらない声で「シッピチルモンジカタビナバレタンマジャッソ（十七文地下足袋わたしの足にぴったしや）」ゆた。

鶴橋駅前集っていた奉国会サラムドゥル、雷鳴似た呪文に右往左往した。会長も耳塞いで気味悪がった。遠巻きに警護してたケサツ《警察》互いに見合って何やらヒソヒソ語り合ってた。

その夜、茉莉、正明に鶴橋駅前の出来事伝えた。

「ケガはなかったか」

正明、茉莉の顔見てゆた。

茉莉、しみじみゆた。

「大丈夫。ソンムンデネさん助けに来てくれたし。でも、心に傷負った感じやわ」

「特別永住が在日の特権とはな。わしら税金払っても選挙権ないんやで。特権どころか国政、地方政治から疎外されてる。奉国会いうのは弱者を排他する集まりやな」

「生まれ育ったら、そこが母国や、と思う」

「まあな」

「世界的に見てもそれが普通やのに」

「そこが日本の特殊性や。天皇制と無関係やない」

「変なの」

「ドイツの戦前と戦後はまったく別ものやけど、日本の戦前と戦後は天皇を戴く国という点では変わらへん」

「奉国会は国につくすことが使命とかいうてたわ」

「国につくす、という連中の頭のなかには天皇が鎮座している」

「お父さん、よく見ているのね」

「自然と見えてくるものや」

「茉莉にはよくわからない」

「ま、いうても日本はライフラインは整っているし、帰化して日本国籍取得したら、法的には日本人と同じ扱いで国政にも地方政治にも参加できる仕組みやから、生活するにはええ国や、と思う」

「茉莉も日本は好きよ」

「そら、茉莉は日本人なんやからそれで当たり前や」

「パンチョッパリで日本人。おかしな具合やわ」

「そない考えると、茉莉が在日の特権一番受けてるかもしれんな」

「やめてぇな、お父さん。ゾッとするわ」

茉莉、そないゆて自分の部屋入ったやげ。寝付く前、昼間の鶴橋駅前、光景想い出して身震いした。

「なんで、あんな恐ろしいこと口にできるのやろ。『ちょうせんじんみのむしころころまるめてきにつるせ』。ビリー・ホリディの〝奇妙な果実〟を連想させるわ。アメリカ南部の木で奇妙な甘い香りがする枝に黒人の死体がぶら下がっている。『ちょうせんじんみのむしころころまるめてきにつるせ』。あれはリンチだわ」

茉莉、ひとりブツブツ言いながら何遍も寝返りうって明け方まで寝つけなかったやげ。

二十錠　投票

お前も日本人の友達に選挙権ないゆこと伝えたら、驚いていた、ゆ話してたな。イルボンサラム《日本人》、在日についての教育、学校で習ってない。そやから、在日に選挙権あるか、ないか、ゆこと考えたことない。おカ《母》さん、キョユク《教育》そのもの受けたことないから、投票するゆても字書くことできないから役立たずやげ。

正明、税金払う義務あって、投票する権利ない、ゆことで不満もってる。ゆても、どないしようもない。ほんで、唯一投票できる場所見つけたやげ。それが競馬や。競馬の馬券ゆの正式には勝馬投票券や。そう、馬券を買うと勝馬投票券に投票できるわけや。奉国会会長に言わせると、これも在日の特権なるかもしれへん。

正明、ここは一歩も引かずに勝馬投票券の権利主張するのと違うか。おカさん、そう思う。中央競馬あるの土、日や。同時開催する競馬場二つか三つや。そやから、正明金曜日夜なると、競馬新聞馬柱見詰めながら、本命◎、対抗○、単穴▲、押え一△、押え二△、決めていく。

勝馬投票券の種類ゆたら、単勝、複勝、枠連、馬連、ワイド、三連複、三連単色々ある。一番的中させやすいのは単勝や。一番難しいのが三連単やげ。正明、一レース三千円買う。単勝八百円、馬連四百円、三連複六百円、三連単千二百円。買うのは重賞メインレースだけやから、二開催で六千円、三開催で九千円なる。小さい投資で大きいリターン狙ってる。投票した結果、外れ多いの普通やげ。ワールドカップレベルのサッカーやと、ゴールゆの奇跡みたいなもんや。勝馬投票券で三連単的中させるのも奇跡みたいなもんやげ。

ゲート開いて、本命好位につけ四コーナー回ったところでラストスパートや。一度、二度、三度ジョッキー馬に鞭入れる。デッドヒート繰り広げるマッチレースゆたら見応えある。テレビ画面見詰めながら、正明、

「行け、そこや、行け」叫ぶ。

正明買った馬、一着やと、

「やった。よし。ようやった」手放しの喜びようや。

ほんで、勝馬、二着馬の進路妨害おそれある場合、着順掲示板に審議ランプ点灯し、場内アナウンス流れる。

「お手持ちの勝馬投票券はお捨てにならないようにお願い申し上げます」

競馬場場内のサラムドゥル《人々》、馬ゴールしたとたん勝馬投票券一斉に投げ捨てる。場内散乱した勝馬投票券拾い集めて的中馬券探す抜け目ないサラム《人間》いる。

審議結果、着順入れ替わると、場内、大きなどよめきとため息流れる。正明も審議結果で痛い目あったことある。一着なった馬、進路妨害ゆことで降着し、的中したのもつかの間、勝馬投票券紙くずなる。

「なんてことや。ちくしょう」

正明、怒り心頭で罵声発する。審議結果出たらどうしようもない。それも競馬やげ。

ゆても、走るのサラムやない。走るためだけに生まれてきたサラブレッドやげ。華奢な脚に馬体重支えて走るよって、骨折することもままある。ゲート入り嫌がる馬もいる。ゲート抜け出して発馬する馬もいる。ゆたら、人間の道楽のため作られた競技や。調教されてるゆても馬は馬やげ。賢い馬やと、ときたま「なんで人間のため、おいら死ぬ思いで走らなあかんのや。アホラシ。そない人間期待するよううまいことといくか」思うことあっても不思議やない。

そやのに、勝馬投票券買いたがる。チョンマル《ほんまに》、おかしい話やげ。ま、正明、投票すること自体意義ある、思てるよって仕方ない。国政選挙、地方選挙できないうっぷん勝馬投票券で晴らしたいわけやから。おかしいけど何や笑う気なられへん。ハッハ、イゴットインセン（これも人生）やげ。

勝馬投票券買うのにウインズ難波か、阪神競馬場行くか、しないとあかん。猪飼野サラム面倒くさいこと避ける。そこで、ノミ屋登場する。裏胴元や。口堅いサラム選んで顧客なってもらう。正明も大池橋近くの喫茶店オーナー松田に電話で頼む。

「阪神十一レース、馬番5単勝八百円、馬連軸5相手1、3、6、8四百円、三連複軸5、相手1、3、6、8六百円、三連単5一着固定、相手1、3、6、8千二百円、合計三千円。松ちゃん、よろしく」

「社長、もっと大きく賭けたらどないですのん」

「ええねん。勝ち負けも大事やけど、勝馬投票券買うことに値打ちある」

「買うからには的中させせんとあきまへんがな」

「もちろん、そのつもりで買ってるで。ま、外れても競馬銀行に預金してる思たらええ」

「えらい寛大ですな」

「馬も一生懸命走ってるからな」

「そら、馬は走るのが仕事でっさかい」

「毎週、あれだけの馬、騎手集めてレース開催しよ、思たら莫大な資金要る」

「そら、間違いありません」

「やろ、そやから毎週、こうして勝馬投票券買うことができるだけで幸せて思わんとな」

「えらい勉強なります。ほんで、掛け金はそのままでええんですか」

「今回重賞阪神十一レースだけやから三千円でええわ」

「そうでっか。ちと、寂しいでんな」

「ま、先のある話やし」

「はい、わかりました」

　胴元の松田にしたら、一度の掛け金大きいほど回収するお金も大きい。逆に的中したら、払い戻しも大きくなって、損害被ることとある。けど、的中、サッカーゴール同じで奇跡みたいなもんや。そやから、胴元儲かる仕組みなってる。正明にしたら、外れても三千円、万一、単勝、馬連、三連複、三連単的中したら、三千円、大化けして五万円、十万円なることとある。ま、そんな奇跡、一年一度あればええほうやけどな。

「お父さん、的中したら、カンパしてね」

　茉莉、しっかりしてる。正明、どのレースに勝馬投票券買ってるか、聞いておいて、的中してたら正明かたわら寄って「お父さん、おめでとう！」ゆ。

「おう。有難う」

正明、嬉し気に返事する。サラム、なんだかんだゆても勝つゆ喜び味わいたいもんやげ。

二十一鉦　仮面

茉莉、パソコンで奉国会検索してみた。在日の通名使用についても言及あった。在日、通名隠れ蓑して悪さする特権もってるゆこと主張しているみたいやげ。茉莉、御幸森神社で典弘が通名について語ったことを想い出す。

「ある日、ぼくが在日です。本名は高典弘です。そう告げたあと、日本の友達はなぜか通名の高山でぼくを呼ぶ。日本人は同化を好むんや。高山典弘改め高典弘いうても、友達には高山が馴染みがあって呼びやすいんやな、ていうか、ぼくを在日韓国人とは認識せず、日本人とみたがる」

「わかる気するわ」

「茉莉ネェ、日本の大衆文化て考えたことある」

「あまりピンとこない」

「一般に大衆文化というものは通俗性と娯楽性を兼ね備えたものんなんや。それゆえ、大衆文化はポピュリズムに左右される宿命にあって、大量の生産性と消費性を内在している。大衆文化においては文学、映画、演劇、音楽、漫画、いずれのジャンルにかかわらずモノが広く受け入れられなければならない。モノがベストセラーであることを至上命題とされる。換言すると、売れないモノは悪なんや。だから、大衆文化において流行は核心的なわけ」

「なるほど、のりくんの見方合ってる思う」

「今や、大衆文化の玉座に居座っているのがテレビという小さな巨人や。閉ざされた暗がりの空間に映し出される銀幕の映像が紡ぎだす束の間の夢心地は茶の間のテレビに奪われてしまった。映画俳優の大物もテレビドラマに出演しないことには時流に取り残される運命にある」

「ほんまにそうやわね。何か寂しい気もする」

「茶の間に居ながら、文芸作品のドラマや歌謡番組、そしてアニメ等を愉しむことができる。また、アイドルがスターに登りつめるプロセスをリアルタイムにワクワクした心境で共有する刺激を得ることも可能なんや」

「アイドルは素人ぽくてうぶで歌もヘタでいいみたい」

「そうや。みんなで成長見守っていくかけがえのない存在やから」

「わたしはあまり興味ないけどな」

「茉莉ネェは本物志向やからそうや思う。映画が娯楽の玉座に居座ることができた幸福な時代は後退し、力道山が空手チョップで米人プロレスラーを打ち倒す様子を映し出すテレビが台頭してくる。相撲取りからプロレスに転向した力道山は国民的英雄として迎え入れられた。それもそのはずで、アメリカに降伏した日本のコンプレックスを、力道山が空手チョップで吹き飛ばしたんやから。皮肉なことに、日本人が溜飲の下がる思いを体現した力道山は実は朝鮮人だった。日本の大衆文化は出自を明らかにしないタブーをもつんや。マスコミもその点は協調体勢にあるな」

「力道山て、暴漢に刺されて亡くなったんやった」

「そうや。あれだけ強かった力道山が刃物に負けた。悔しかったやろな」

「そう思う」

「出自の隠蔽性《いんぺいせい》が日本の大衆文化のタブーであることは、国民的映画として主役の渥美清が亡くなるまで人気のあった『男はつらいよ』シリーズでもよく現われているわ。『男はつらいよ』シリーズは映画衰退の状況下で奇跡ともいえる持続性を有した稀なもんや。香具師で全国を回る車寅次郎は先々で美しいマドンナと出会い、片思いをもつ。相手からも好かれるが、結局は別れる憂き目にあう。パターン化された物語性にもかかわらず、国民は寅さんを欲した。全国を回る内に寅さんは在日朝鮮人との出会いがあっても不思議ではない。定職に就けない在日朝鮮人はあまたいるのだから、香具師という仕事柄在日朝鮮人との出会いは必然やわ。しかし、日本の大衆文化を牽引する『男はつらいよ』はタブーに触れるわけにはいかないねん」

「在日朝鮮人のマドンナとの出会いがあっても面白そうやわ」

「しかも出会う場所が鶴橋駅前やったら」

「最高やわ」

「在日のマドンナに寅さんが惚れる。マドンナの実家は猪飼野大池橋やってみ、寅さんは否が応でも在日の人々と触れ合うわけや」

「ええ感じやわ」

「ほんだら、リアリティも出てくる」

「そんな『男はつらいよ』観たいわ」

「ぼくも観たい」

「監督に直訴してみたら」

「それは茉莉ネェの役目や」

「なんでなん」

「容姿端麗で知性溢れる茉莉ネェの直訴やと、監督もちと気持ち傾くのと違うかな」

「何よ、そのちと、は」

「わかった。ちと改め、ものすごく」

「ちゃんと言って」

「容姿端麗で知性溢れる茉莉ネェの直訴やと、監督もものすごく気持ち傾くのと違うかな」

「けっこう。許す」

「茉莉ネェがマドンナ役してみたら」

「いやや。ファンに追っかけされるのもうっとうしい」

「もう、女優気取りやな」

「こいつ、からかってるな」

「へっへ、ごめん」

「素直でよろしい」

「通名廃止令みたいな法案が国会に出されて可決通過したらどないなると思う」

「在日がパニックなるかな」

「ぼくは在日より日本社会がパニックなる思うで」

「なんで」

「そうかて、歌手、俳優、アイドル、お笑い、タレント、野球選手、要するに娯楽の世界にいる在日がすべて本名名乗るわけや」

「ファンがあわてふためくね」

「そやから、プロダクションもマスコミも一体になって、在日を隠蔽することに腐心しているんや。日本人という仮面を取るのはタブーちゅうわけです」

「なるほど」

茉莉、感心してうなずいたやげ。

茉莉、ふと、奉国会会長に連絡取って、通名廃止令のアイデアを伝えてみたい衝動に駆られたけど、会長の声聞くだけで憂鬱な気分なる、思てやめた。

二十二鉦　領土

サラム《人間》個人やと土地境界ああだの、こうだのゆてもめる。それ国やと領土争いなる。チョンマル《ほんまに》やっかいや。個人も国も我がこと最優先考える。ま、仕方ないゆたら仕方ない。ほんで、ネズミのフンほどちっぽけな島、やれ日本固有の領土や、やれ韓国固有の領土やゆていがみあってる。ソンムンデネ《姐》さんの十七文キックでネズミのフンほどちっぽけな島粉々したら固有もへちまもなくなる。ハッハ、おカ《母》さんの思いつきや。

　ロシア占有した北方四島、ネズミのフン程度の島とわけ違うやげ。なんで、外交交渉活発させて取り戻す気迫みせへんのか、おカさん理解でけへん。米軍基地集中してる沖縄、アメリカ所有する島と何ら変わりない。ロシア、アメリカ、戦勝国ゆこともあって文句押し殺してる。ほんで、韓国、かつての植民地やげ。

ロシア、アメリカに頭上がらんけど、韓国対して見下してるのと違うか。チョンマル、プルサンハンニリヤ（不幸なことや）。明治時代の脱亜・入欧精神、今もイルボンサラム《日本人》のなか生きてるやげ。


奉国会ゆ団体、日韓関係悪化したスキついて、わけわからんチャンソリ《戯言》言い始めた。蟻の一穴みたいなもん、いつの間にか洞窟くらいお《大》っきなった。チョンマル、おカさん、カスムアプ《胸痛い》ゲや。ほんで、奉国会サラム鶴橋駅前集まって、

「ちょうせんじんみのむしころころまるめてきにつるせ」

「かんこくじんやきにくじゅうじゅうやきこがせ」

「いいきになるなよ。しまいに、いかいのだいぎゃくさつするで」

罵詈雑言あびせた。

奉国会サラムに囲まれた茉莉助けに来たソンムンデネさん、汗みたい雨降らせて「シッピチルモンジカタビナバレタンマジャッソ（十七文地下足袋わたしの足にぴったしや）」

ゆた。

奉国会サラム、不気味がって退却したやげ。いったん、退却したけど、よっぽど悔しくて腹立ったの間違いない。中山化学突き止め、街宣車動員したやげ。街宣車ゆても、小型トラックに日の丸なびかせただけのもんや。迷彩色の本格的街宣車比べたら子猫みたい可愛いもんや。奉国会サラム荷台立ち、ハンドマイクで何やかんやがなりたてた。はじめ、廃品回収車の騒音と思い、やりすごしていたソンムンデネさん、あまりのしつこさに「なんやうるさいな」ゆた。

オッキ《玉姫》、仕事の手止めて「ネさん、わたし見てきますか」ゆた。

「オッキ、ここにいとけ。わし見てくる」

「ネエ《はい》」

オッキ、素直に返事して貼工の仕事集中した。外に出たソンムンデネさんの目に奉国会のトラック入ったやげ。

「アイゴ、ミチンノムドゥラ（おかしい奴ら）」

ソンムンデネさん、怒気はらんだ声上げてゆた。奉国会サラム、ソンムンデネさん発見するや、街宣車突進させてきた。ソンムンデネさん、身構えて突進する街宣車睨みつけた。

威勢よく突進してきた街宣車、ソンムンデネさん正面衝突すんでのところまで来た。

「アイゴ」

ソンムンデネさん、瞬間、目閉じたやげ。街宣車急ブレーキ踏むと同時、ハンドル切った。すると、中山化学前、止めてあった軽トラックこすってバックミラー破壊した。

「ムスンチシヤ（何する）」

ソンムンデネさん、顔真っ赤して怒鳴った。ほんでも、街宣車、停車することなく、勝ち誇ったみたい日の丸なびかせて遠ざかろうとしたやげ。ちょうど、事務所から出て来た文太、当て逃げ目撃した。文太、金槌片手に全力疾走して、街宣車追いついたやげ。運転手、バックミラーに文太走って来るの見落としたみたいや。バックミラー映る文太見たら、すさまじい形相に恐れなして猛烈にスピード上げたはずや。それ、運の尽きや。文太、組事務所からスカウトされるくらいのサラムや、怒り方、イマンジョマンアニダ（じんじょうやない）。

文太、バックミラーつかんで運転席ステップ飛乗るや、運転席窓ガラス金槌で木っ端みじん叩き割った。驚愕した運転手、ブレーキ踏んで停車した。文太、間髪入れず、今度、フロントガラス粉々なるまで叩き割った。ゆても、文太、サラム叩き割ることしない。奉国会サラム、青ざめた顔して「警察に言うからな。覚悟しとけよ」ゆた。

「警察にでも検察にでもいうたらええ」

　文太、そないゆて最後にヘッドガラス叩き割った。

「おれは佐藤文太じゃ。おまえら束なっていつでもかかってこい」

　残らずガラスこわされた街宣車、日の丸はためかせて南方向走って行ったやげ。


「番頭、やるとき徹底してやるな」

　ソンムンデネさん、感心した。

「まあな」

　文太、金槌もったまま額からしたたり落ちる汗拭くことしない。

「番頭、えらい汗や」

　ソンムンデネさん、自分の手ぬぐい腰から取り、文太の額拭った。

「おおきに」

　文太、礼いうと、ソンムンデネさん「わしよりオッキに拭いてもらうのよかったか」ゆた。

「なに、チャンソリ《たわごと》いうとる」

文太、苦笑いしながらゆた。

二十三鉦　焼肉

鶴橋駅降りたとたん焼肉匂い鼻つくのユミョウハンニリヤ（よく知られてる）。鶴橋駅プンマンアニラ（だけでなく）、イッチョトオリ《一条通り》、朝鮮市場、トットナリ《鶏小屋長屋》、猪飼野あちこち焼肉匂いしてる。このおカさん《母》も猪飼野外れたとこで焼肉チャンサ《商売》始めた。

おカさん、キョユク《教育》受けてないから、クルチャ《文字》コセン《苦労》したやげ。猪飼野ゆてもイルボン《日本》や。イルボンマル《日本語》書けないとコセンする。拙いハングルパッケ《しか》書けないおカさん、売上、帳面つけるのイルボンマルアニラ《違って》ハングルやげ。お前のおトさん《父》、女癖悪かったけど、達筆でイルボンマルも達者やった。チョンマル《ほんまに》、ぶら下がってるもん付いてるみたい根性人並み付いてたら、おカさんコセンすることなかったやげ。ま、お前のおトさん置いとこ。

現金払いするサラム《人間》、一番有難い。お酒よう飲むサラム、二番目有難い。三番目毎日来てくれるサラムや。ほな、毎日来てくれるサラムたいがいつけや。月末、給与出てきちんと払ってくれるサラム、半分もいてへん。

ほんで文太、きちっと払ってくれるサラムやった。ゆても、文太の狙い、チャグントル《次女》や。クントル《長女》、結婚式挙げておいてよかった。チャグントル、おカさん店手伝う時、子連れやったやげ。バツイチゆやつや。男つくっておカさん知らんまに妊娠してアギ《こども》生んだやげ。ほんで、男、別の女走って離婚なった。

文太、イルボン《日本》サラム《人》でチョンガギ《ひとりもん》やった。お世辞にも男前ゆことなかった。前にもゆたとおり、どこぞの組からスカウトくるぐらい喧嘩の腕立ついい面構《つらがま》えしてた。店のもめごと、文太解決してくれた。酔っ払いの喧嘩、因縁つけ、つけの取り立て、文太ひとりで決着つけた。チョンマル《ほんまに》、有難いことやげ。

「オモニ、おれ、さおだけなりたい」

ある日、文太、そないゆた。

「洗濯もんほすさおだけ間に合ってる」

「オモニ、ボケるのうまいな」

「何、ボケることある」

「そやから、サオ《婿》にしていうてるのや」

「アイゴ、うちの娘こぶつきやげ」

「別のこぶつくるから気にしてない」

「ほかにもええ女いくらでもいてるやろに」

「ほかの女はええねん。オモニのさおだけになりたい」

「娘の気持ち確かめたか」

「確かめてなかったら、こんな話してない」

「いつ手出した」

「一目見た時から気に入ってたんや」

「ま、ええ。本人同士好きゆ気持ち大事や。うちは貧乏やで」

「働いたらええ話や」

「ようゆた。式どうする」

「この店で盃交わすだけでええ」

「文ちゃん、初めての結婚やのに」

「そんなん気にしてない」

「文ちゃん、おカさん気にするの違うか」

「おれのおふくろはおれのええようにしても文句いわん」

「そか」

ゆことで、チャグントル、文太所帯もつことなった。文太見たクントル、文太、中山化学番頭したやげ。

チョンマル、人生ゆもんわからん。英明チョンシン《精神》しっかりして中山化学経営してたら、クントル、文太番頭することなかった。仕事する気ない英明の代わり、中山化学何とかしてくれるサラム《人間》必要やった。サドン《婿親》も文太見て、頼りがいある思った。

焼肉チャンサしてなかったら、文太出会うことなかった。イゴシパルチャ《これが運命》や。

たまに文太、城山おっさん、ソンムンデネさん、オッキ《玉姫》連れて店来た。カウンターだけの小さい店やから、ソンムンデネ《姐》さんからだ大きいから一人で三人分場所取る。空いてる席一人分くらいや。そんな時限ってチャンソリ《小言》おっさん店顔出す。ソンムンデネさん横座ったチャンソリおっさん、店来る前から酔っ払い加減やった。

「オモニ、酒とハラミにテッチャン頼むわ」

チャンソリおっさん、はじめおとなしくハラミ、テッチャン焼きながら酒飲んでた。ほんで、文太、城山おっさん、ソンムンデネさん、オッキ、楽し気に飲み食い語り合ってるの気にくわないみたい、

「猪飼野いう街はちんけなとこや。こんなとこで集まって何が楽しいんや」ゆた。

誰も相手しないのに苛立って「何や、狭苦しいな。おい、おばはんちょっと遠慮して座れや」ゆた。

「遠慮がムオッコ（何や）」

ソンムンデネさん、売り言葉に買い言葉みたい調子でゆた。

「わけわからんこと言いやがって。そっちへ詰めいうてんのや」

「これでいっぱいや」

「オモニ、どこのおばはんや」

チャンソリおっさん、顎でソンムンデネさん指す。

「中山化学やげ」

おカさん、正直ゆた。

「それ、密航者捕まえに来た警察追い返したとこやないか」

おカさん、知らんふりしてた。

「横の別嬪さんも中山化学なんや。ほんで、その隣のおっさんも、ちゅうことはわし以外みんな中山化学なんや」

「それ、お前の人生関係あるか」

ソンムンデネさん、そないゆてチャンソリおっさん睨みつけた。

「関係なんかあってたまるか」

「ほんだら、黙って飲め」

「何や、そのえらそな言い方は」

「パボガットゥンノメ（あほな奴に）、ハルマリオップタ（ゆことない）」

「日本語で言え」

「十七文キック食らいたいか」

ソンムンデネさん、立ち上がって十七文の大足を見せる。チャンソリおっさん、タジタジしながらも「足がそれだけでかいとあそこの穴も煙突みたいにスッポンスッポンやろ」

ゆた。

「アイゴ、それ間違い。わしの穴、圧着機みたいキュッとしまるやげ」

「大法螺吹きなおばはんや。わしはこっちの別嬪がええ」

チャンソリおっさん、オッキを目で舐めまわす。

「あんたも密航してきたくちやな」

「だったら」

オッキ、チャンソリおっさん睨み返す。

「警察に密告するような無粋はせんから心配せんとき。その代わり、わしと仲良くしよ」

「嫌や」

「つれないこといわんと」

「警察密告してええです」

「また、何いうねん。わしはそんな無粋はせんというてるやないか」

「構わないで」

「わしの心が構いとうてうずうずしてるんや」

「相手せんとき」

城山おっさん、オッキの耳にささやく。目ざとくチャンソリおっさん城山おっさん睨みつけ「何、余計なこと言うてる」ゆた。

「別に」

「どいつもこいつも馬鹿にしやがって。こうなったら警察に密告や。それにソウル留学した跡取孫が赤化統一陰謀とやらの罪で無期懲役いう話やないか。中山化学は密航と陰謀の巣窟やな」

チャンソリおっさん、勝ち誇ったような顔付きでゆた。一番、隅で寡黙だった文太、おもむろに立ち上がって、チャンソリおっさんの眼前に立ちはだかった。

「何や、お前」

「帰ってもらいまひょか」

「何でや」

「おっさん、ここの店には不向きや」

「そんなん勝手に決めつけるな」

「オモニ、このおっさんのお代はいくら」

おカさん、酒、ハラミ、テッチャン計算した。

「千五百円」

文太、おっさんの財布から千円札二枚取り出した。

「釣りは要らんよ」

「ゆても」

おカさん、文太の顔見た。

「五百円は迷惑賃や。おっさん、それでええな」

「警察に言うぞ」

「言うてもええけど、おっさんの玉握り潰すからな」

「お前はやくざか」

「やくざは嫌いでんねん」

「チェッ、今夜はついていないわ」

チャンソリおっさん、しょんぼりして帰っていった。カワソ《可哀想》な気もしたけど、仕方ない。

もちろん、チャンソリおっさん、ケサツ《警察》密告することなかった。ソンムンデネさん、十七文キック、チャンソリおっさん一撃してたら、間違いなくおっさんの玉潰れてたやげ。

二十四鉦　幻想

茉莉、サドン葬式《婿親》すませたあと、典弘救うためイリジョリ（あっちこっち）顔出して典弘無罪訴えたやげ。

「高典弘君は在日の宙ぶらり性をどうにかしたい、という思いでソウルに留学したのです。本来が政治目的は皆無です。ひとえに内面に起因する個人的問題です。赤化統一の陰謀云々というおどろおどろしい罪状は全くのでっち上げです。日本から独裁政権に良心の声を届かせるには皆様方お一人お一人の署名とカンパが必要です。何卒《なにとぞ》、お願いします」

チョンマル《ほんまに》、世論動かすの大変や。ある時、小っさおカ《母》さん、心配げに、

「茉莉、あんまし無理したらあかん」ゆた。

「のりくん、取り戻すまでは頑張らないと」

「からだ崩したら元も子もないで」

「大丈夫。それより、わたし救援リサイタル開こう思っている」

茉莉、真剣な表情でゆた。小っさおカさん、驚いて「何や急に」ゆた。

「不当な判決出た時からずっと考えてた。言葉だけでは自分の気持ちを表現できないもどかしさがあって、ピアノだと心の中にあるもやもやとしたものを表現できそうなの」

茉莉、火葬されたサドンの遺骨一つ一つ骨壺につまみ入れる瞬間、脳裏に楽曲の旋律躍動した。ショパンの「幻想即興曲」やげ。


チャギや、囚われの愛しい君よ、私の心にはぽっかり穴が開いて虚しい日々が過ぎていく。在日のアイデンティティを求めて足を踏み入れた祖国は大手を広げて君を迎えてくれたのではなかったのか。

チャギや、囚われの愛しい君よ、初めて踏みしめた祖国の大地に身体の芯から震え感涙したのではなかったか。アリランを口ずさみ南大門市場の雑踏を練り歩き祖国の息吹に歓喜したのではなかったか。そうとも、猪飼野の朝鮮市場に重なる南大門市場はアイデンティティの片鱗を揺らめかせていた。

チャギや、囚われの愛しい君よ、その片鱗を胸の内奥に吸い込みからだの一部にせんと呆れるほど南大門市場に入り浸ったのではなかったか。見るもの、聞くもの、触れるもの、全てがノスタルジーを喚起するものであった。

チャギや、囚われの愛しい君よ、オモニの胎内に芽生え生まれてくる揺籃の彼方に立ち還る懐かしさを無意識に受容していたのではなかったか。そうとも、オモニの哀歓に満ちた人生に連なるアイデンティティは南大門市場の猥雑な喧噪に浮遊していた。もちろん、陽光を照り返す漢江の流れにもノスタルジーがかすめていく。南北分断の厳然たる事実はあっても、三十八度線も板門店もこの瞬間には無に等しい。とはいえ、その感覚は花火の美同然にはかない。

チャギや、囚われの愛しい君よ、祖国の酷さに咽び泣いているのではないか。獄中死した尹東柱《ユントンジュ》の詩編が脳裏をよぎることはあっても冷たい牢獄の中にいかなるアイデンティティがあるというのか。無駄に時間が流れていくだけではないか。不毛の地に立つ樹木のように永遠に孤独ではないのか。

チャギや、囚われの愛しい君よ、戯画的な罪状の果てに言い渡された判決のおぞましさに打ちひしがれているのではないか。どうか、朽ち果てることなく解放を信じて待っていてほしい。

チャギや、囚われの愛しい君よ、わたしの思いはハッラサン《漢拏山》より高く、テマドパダ《玄界灘》より深いのよ。その思いを込めて私はショパンの幻想即興曲を弾いているの。旋律が獄中に届いて。

チャギや、囚われの愛しい君よ、いくらかでも心が癒されてほしい。無事にいてね。待っていてね。必ず救い出すわ。

二十五鉦　夢見

このおカ《母》さん、イッチョトオリネ《一条通り姐》さん、金山ネさん、三人してたまに映画観た。たいがい三益愛子主演の母ものゆやつや。悲劇のヒロイン、三益愛子演じる母や。不孝息子、浮気亭主に振り回され、それでも息子を庇い、亭主を信じ、不幸の底に落ちていく話やげ。暗い映画館でどれだけ泣いたか。泣いたら胸すっきりする。ハッハ、考えたらおかしい。

イルボン《日本》の話やのに気持ち入っていく。不思議なことやげ。

ほんで、映画観たあと、喫茶店でそれぞれ自分の息子イヤギ《話》なる。孝雄、ヘチャやけど、しっかりしてチャンサ《商売》もうまい。金山ネさんオルマナ《どれだけ》幸せか。

「アイゴ、ゆても孝雄に来てくれる嫁さんいてない」

金山ネさん、嘆いてたけど、内心自慢の息子思てる。チョンマル《ほんまに》、羨ましいことやげ。クナドゥル《長男》悩み多いの、このおカさんや。神経質で気小さいクナドゥル、おトさん似てチャンサ下手で嫁の来てないの孝雄同じや。そやのに年上女惹かれる。不思議や。


その夜、おカさん、夢見た。

信貴山か生駒山か額田かわからんけど、ある韓寺のポサル（菩薩＝仏教系のシャーマン）スンム《僧舞》舞姫みたい恰好して猪飼野舞い降りて運河浮かぶ木箱なか入ったやげ。昔も昔大昔のことや。済州島に高《コ》・梁《ヤン》・夫《プ》三神いた。嫁さんどないするか悩んでいるとき、海岸に漂着した木箱のなかからアガシ《娘》現れた。アガシ、三人いたやげ。高・梁・夫三神それぞれアガシ嫁にしたゆことや。ほんで、ポサル《菩薩》入った木箱、運河遡って大川に合流して最後、淀川上流向かって進んで行った。十八番鉄橋越えた当たりスガ村ゆ集落ある。猪飼野、チェジュサラム（済州島の人間）多いけど、スガ村もチェジュサラム多い。ソンムンデネさんの遠い親戚も住んでる。スガ村の真ん中に樹齢数百年の神木ある。神木、スガ村一番プジャチベ（金持ちの家）貫いて天高く聳え立っていたやげ。秋なると、スガ村一帯、神木落葉で覆われる。ポサル、スガ村に漂着したのちょうど落葉いっぱい舞い落ちた頃や。淀川岸辺一帯ミッピジンイ《すすき》生えて真っ白や。ハッラサン《漢拏山》ミッピジンイ想い出させるやげ。ほんで、ポサル、ミッピジンイ掻き分けて淀川堤防越えスガ村一番プジャチベ入って行った。ポサル、スガ村一番プジャチベ入った途端、すっかり夜なった。ポサル来るの待っていたかのように綺麗なアガシ《娘》出迎えたやげ。ポサル、アガシ見て「ウォンチベクナドゥル《元家長男》嫁なる覚悟できているな」ゆた。

「イエ《はい》、シジップカルマゥム（嫁入りするつもり）です」

　綺麗なアガシうつむきながらゆた。

「テェッタ《よし》、わしについてこい」

　ポサル、スンム舞姫みたい足取りでゆっくり落葉敷き詰められたスガ村路地歩いていく。色鮮やかなチマ・チョゴリ纏うアガシ、ポサル後ろついていく。突然現れたサムルノリ（伝統打楽器奏者のパフォーマンス）のチャング《杖鼓》・プク《太鼓》・チン《銅鑼》・ケンガリ《鉦》賑やかでリズミカルな音響スガ村一帯轟き渡ったやげ。

ポサル、アガシ歩く暗い淀川堤防満月の明かり射して道案内した。サムルノリの賑やかでリズミカルな音響、風に揺れるミッピジンイ一層揺らせたやげ。ポサル、アガシ収まった木箱、淀川下り、大川入り、運河たどり着いた。木箱、ゆっくり運河流れて猪飼野戻ってきた。夜の帳薄らいで月明りも微かになった。

運河欄干越し、おカさん、イッチョトオリネ《一条通り姐》さん、金山ネさん揃って迎えたやげ。

「オルシグ、チョルシグ、チョッタ」

イッチョトオリネさん、金山ネさん歓んで踊る。おカさんも踊ったやげ。ほんで、木箱から現れたアガシ、スガ村一番プジャチベアガシアニ《違い》ラ、ソンムンデネさんやった。

「アイゴ」おカさん驚いた。

ソンムンデネさん「シッピチルモンジカタビナバレタンマジャッソ（十七文地下足袋わたしの足にぴったしや）」ゆてケタケタ嗤ったやげ。

夢から覚めたらクナドゥル、年上女家転がり込んでた。アイゴ、カスムアプゲ（胸痛い）やげ。

二十六鉦　落下

茉莉が弾いたショパンの幻想即興曲、獄中に届いたせいかどうかわからんけど、典弘から手紙届いたやげ。

前略

　ソウルの寒さはひとしお身に沁みます。寒さに耐えながら手紙を書いています。冬の夜空のように心が澄み渡るようです。目を閉じると寂寥とした暗闇が広がってきます。リルケの詩編『秋』が記憶の底から蘇ってきます。

　木の葉落つ。遠くより散りくるごとく、
み空の園の枯れしごとくに、

はらはらと　舞い落ちきたる。
小夜ふかく　なべて星より
重き土　寂寥にむかいて　落つ。
われら　みな落つ。これの手もまた落つ。
見よ、他のものを。なべてのものに落下あり。
されど　一人のひとありて　この落下を
かぎりなく　やさしく　そのみ手に　支えたもう。注5

宇宙を感得させるリルケの詩はドイツ語で暗唱すると語感が耳に心地よく想像をかきたててくれます。落下は死を意味しています。生あるものはすべからく寂寥の谷間へと落下するのです。人間は落下を畏れます。ぼくも獄中で寒さに打ち震えながら落下する感覚に囚われて畏れを抱いています。ぼくの畏れを癒してくれるのは茉莉ネェです。茉莉ネェはぼくの落下をかぎりなくやさしく支えてくれる手です。

手は愛です。茉莉ネェはぼくの愛です。夢の中に茉莉ネェのスンム《僧舞》が現れたり、ショパンの幻想即興曲の調べが流れたりします。

尹東柱《ユントンジュ》の詩も宇宙を感得させてくれます。優れた詩人は等しく宇宙との交感を詩句に昇華させています。在日の宙ぶらりな感覚を止揚せんとソウルに来てはみたものの獄中に囚われ、ぼくのアイデンティティとは何であるのか。猪飼野の街、朝鮮市場、鶴橋駅裏、疎開道路、御幸森神社、勝山公園、すべて懐かしいものばかりです。一方で、リルケの詩、尹東柱の詩に喚起される寂寥の宇宙。ぼくのアイデンティティは寂寥の宇宙にあるのでは、と思えることもままあります。在日だから在日的なるものがアイデンティティとは限りません。同じように植民地時代の詩が等しく抵抗の詩と括ってしまうことには異和感があります。とりわけ尹東柱を抵抗の詩人と定義することには抵抗がありま す。時代の制約を受けている事実は直視する必要があるとしても詩自体が喚起する普遍性に注目しなければなりません。リルケに通底する宇宙との交感こそが尹東柱の詩の本質であるように思えます。別の時代を生きたとしても尹東柱の詩の本質は普遍性をもったことでしょう。日本帝国植民地時代下に禁止されたハングルつまり母国語を尹東柱は詩の言語として書いたのです。詩人にとって言語がいかに大事か。禁止されていようがいまいが、尹東柱はハングルで詩を書くことが詩人の定めであったのです。詩人の感性を蹂躪する日帝がハングルを使用したという事実だけで尹東柱を投獄したのです。抵抗の気概がなかったのか、といえばあった、と思います。植民地化の詩人が国を奪われたことに無頓着であるはずがありません。しかし、詩人が自らの感性にしっくりとくる言語で詩を書くことは定めであるのです。現象としては抵抗に見えても本質は普遍なのです。ぼくは獄中で追体験しているといえば不遜に聞こえるかもしれません。宙ぶらりの在日の存在はどこまでいっても宙ぶらりです。だけど、リルケや尹東柱の感性に触れることは可能です。

長い手紙を書いてごめんなさい。ぼくに万一のことがあったらぼくのような在日もいたのだ、と茉莉ネェの記憶に留めておいてください。では、眠くなってきたのでここらで筆を置きます。茉莉ネェのスンムとショパンの幻想即興曲を夢見ながら寝ることにします。では、さよなら。草々

二十七鉦　祭祀

サドン《婿親》あの世行ってチェサ《法事》（祭祀）十回目なる。光陰矢の如しやげ。昼間、大っきおカさん《母》、クントル《長女》、朝鮮市場行ってチェサの供物買い揃えていく。豚肉、牛肉、甘鯛、コサリ《わらび》、ナムル《もやし》、ホウレンソウ、りんご、柿、蜜柑、和菓子、チジミ、蒸し豚、キムチ、チャンジャ《内蔵の塩辛》、ワカメ。

夕方、台所に座りながら大っきおカさん、コサリ、ナムル、ホウレンソウ、あえて、クントル、豚肉、牛肉、焼いて串刺していく。小っさおカさん、りんご、柿、蜜柑、拭く。開いた屏風の前にお膳立て、供物並べていく。豚肉、牛肉、甘鯛、りんご、柿、蜜柑それぞれ三段積み重ね、バランス崩さないよう串刺しておく。

両端に銀の蝋燭立、真ん中に銀の線香立、その横にプジ《香典》入れるお盆置く。夕方も更けてくると、線香一本立て火をつける。蝋燭も火をつける。

屏風の中央、サドン遺影置く。仕事終えて、英明、義明、正明、居間に次々と集う。ビール飲みながらとりとめのない雑談にふける。こうしてサドンの霊あの世からやってくるの待つ。霊、真夜中あたりやってくるものや。そやから真夜中に開始するの本式やけど、明朝から仕事ある世の中や。今ふうに開始時刻早めることにしてある。午後十時ご飯炊きあがると、チェサの始まりやげ。炊き立てのご飯盛った銀製お椀、ワカメと牛肉のクッ《汁物》入れた銀製サバル《器》、サドン遺影前に置く。

　仕事できなくてもチェサのやり方身についた英明、慣れた所作でチェサを進めていく。炊立てのご飯盛った銀製お椀にスッカラ《スプーン》突立て、クッにチョッカラ《お箸》ひたす。義明、正明、英明の進め方に合わせて、決まりの所作をする。英明、チョッポンチェ《一番目》お酒入れた銀製盃前に差し出す。かしこまりましたというように、義明、正明銀製盃に恭しく手を添えたあと、サドン遺影向かってチョル《拝礼》する。英明、お酒を別のサバルに移し替え、チョッカラ甘鯛に添える。少し間おいて英明、トゥボンチェ《二番目》ビール入れた銀製盃、義明、正明前に差し出す。義明、正明銀製盃に恭しく手を添えたあと、サドン遺影向かってチョルする。英明、ビール別のサバルに移し替え、チョッカラ肉に添える。また、少し間おいて、英明セボンチュ《三番目》ジュース入れた銀製盃前に差し出す。三度《みたび》、義明、正明銀製盃に手を添えたあと、サドン遺影向かってチョルする。英明、ジュース別のサバルに移し替え、チョッカラ豚肉に添える。こうして、一とおりの儀式終えると、英明、義明、正明揃ってサドン遺影向かってチョルする。

最後に、大っきおカさん、クントル、小っさおカさん、義信、義久、茉莉、ソンムンデネ《姐》さん、サドン遺影向かって次々チョルする。

女手総がかりで供物、手早く片付ける。お膳の上席に英明、義明、正明座って、ほかは適当に座る。チャンチ《宴》開始や。儒教の秩序とおり、長男・英明立てる義明、正明、無難な話で時間稼ぎしていく。

ところが、突然、大っきおカさん「アイゴ、跡取孫、いつ戻ってくる」ゆた。

「年越したら戻ってきます」

クントル、やつれた顔付きでそないゆ。

「そうでよ。愛子さんの言うとおり年越したら戻ってきますよ」

小っさおカさん、相槌打つ。

「アイゴ」

大っきおカさん、深いため息つく。

「わしは反対したんや。典弘、ソウル留学するの」

英明、そないゆた。

「伯父さん、のりくんは自分探しでソウル行ったんです。猪飼野にいたらきっと後悔してました」

茉莉、憮然とした顔付きでゆ。

「そやけど、捕まることはなかった」

義明、口を挟む。

「のりくんは何も捕まるようなことはしていません」

茉莉、義明睨む。

「飛んで火にいる夏の虫やったんや」

義明、容赦なかった。

「のりくんは獄中でも必死にアイデンティティ探しています。逮捕は許しがたい暴挙だけど、のりくんの獄中生活は無駄に過ぎているわけではないです」

茉莉、抗弁する。

「なんで、茉莉はそこまで典弘のことわかるんや」

　義明、訝し気にゆた。

「小さい頃から、一緒に遊んで生きる悩みも相談してきました」

　茉莉、懸命にゆた。

「そないいうたら、御幸森神社でぼくら一緒によう遊んだな」

　義信、懐かし気にゆ。

「ほんまや、神様の呪文やいうて『パン《半》チョッパリ《日人》、マンセ《万歳》』いうてたわ」

　義久、笑いながらゆ。

「これ、それは秘密やろ」

　小っさおカさん、慌ててゆ。

「昔のことやんか」

　義久、屈託なくゆ。

「のりくんは高校生の頃、本国からみたら、両親が韓国・日本でも、韓国・韓国でも在日はみなパンチョッパリていうてた」

　茉莉、しみじみとゆ。

「そんでも、おまえらは日本国籍やから、また、違うやろ」

義明、執拗に絡む。

「国籍の違いはあっても、内面の葛藤は似たものや思います」

茉莉、きっぱりゆ。

「茉莉、あれこれ理屈並べるのもいいけど、いい加減、結婚せんと」

小っさおカさん、非難めいた口調でゆ。

「おばあちゃん、わたしは結婚しません」

茉莉、小っさおカさん見詰めてゆ。

「女の幸せは結婚やで」

小っさおカさん、正明の顔見る。

「そら、ま、そやな」

正明、煮え切らない口調でゆ。

「茉莉ちゃん、ひょっとして典弘、出て来るの待ってそないいうてるの」

クントル、茉莉見てゆ。

「違います。わたしは舞踊と音楽で生きていきます」

茉莉、涙目でゅ。

「結婚しても舞踊も音楽もできるやんか」

小っさおカさん、加勢を得たとばかりにゅ。

「おばあちゃん、結婚するしないはわたしが決めます」

茉莉の目から一粒涙こぼれる。

「そら、そうやけど」

小っさおカさん、不満げにゅ。

「ノレ《歌》いく」

ソンムンデネさん、済州島の民謡静かに歌ったやげ。場が和んだところで、大っきおカさん、

「アイゴ、跡取孫、いつ戻る」ゆた。

「年越したら、戻ってきます」

クントル、やつれた顔でゅ。

「そうですよ。年越したら戻ってきます」

小っさおカさん、信心するみたい口調でゆた。

二十八鉦　手術

焼肉チャン商売《サ》からだ無茶する。カウンターだけの小さい店やからゆっくり休憩とる場所もなかったやげ。店開けたら立ちっぱなしで、足元よう冷えた。食事もあるもの適当作って食べてたし、忙しい時食事ナシや。このおカさん、チョンマル《ほんまに》痩せて骨と皮状態やった。その店の焼肉うまいかどか、ハラミ食べたらわかる。ロース、カルビ、美味しい上等肉、その分値段高い。ハラミ、そんなことない。適度な値段でおいしい。ハラミまずい店、全部ペケやげ。おカさん、肉の仕入れ、ハラミ良し悪しで決めた。

「オモニとこハラミおいしいで」

お客さん、そうゆてくれるの嬉しかったやげ。ほかに、おカさん、シッポ汁作るの得意やった。牛のシッポ、一日煮て一口食べたら柔らかい肉骨からほぐれてとろける。ユッチ《韓国本土》式シッポ汁、サラサラしてるけど、おカさん済州島式で粘り気ある。それがまたお客さん「おいしい」ゆて喜んでくれた。文太も、シッポ汁食べると「オモニ、ほんまうまいな」ゆた。

お前も美味しいゆて食べてたな。

ソンムンデネ《姐》さんもよう食べた。どんぶり一杯で足らんゆて三杯食べたやげ。ま、からだ城山日出峰《ソンサンイルチュルボン》みたい大きいから仕方ないわな、ハッハ。オッキ《玉姫》、シッポ汁見ただけで、済州島置いてきたアギ《赤ん坊》想い出すゆて涙ぐんでた。別嬪のオッキ、甲斐性ある亭主見つけることできた思うけど、これぱっかしはパルチャ《運命》やげ。チッチ、おカさん、お前のト《父》さん男前惚れた罰でコセン《苦労》したやげ。チョンマル、男、顔で選ぶと碌なことない。クント《長女》ルもコセンや。サドン《婿親》あの世行って、英明、仕事せんと家こもったきり。跡取孫の典弘、獄中囚われてカスムアプゲ《胸痛い》や。クントル、時たま、文太、一緒に店顔出す。

「人生の悲劇、一遍に押し寄せて来た感じやわ」

クントル、そないゆてお酒一口飲む。

「跡取孫のこと考えたら、こんなことゆのあかんけど、お前、孝雄と結婚してたら人生違ってた」

「かもしれへん」

クントル、妙に素直やった。

「でも、光秀君もチャバされたし、その点では同じやわ」

「チャンサようする孝雄、お金の苦労かけることなかった」

「うちのヒトもええとこある」

クントル、何とか英明庇う。

「百あるうちの一つええとこと、百あるうちのええとこ九十、えらい違いや」

「ヘチャは嫌や、て何遍も言ってるの知ってるやんか」

「アイゴ、今さらゆても詮無いことや。わかっててもついこの口から愚痴出てくる」

「義姉《ネエ》さん、仕事はおれがちゃんと回るようにします」

文太、落ち着いた顔付きでゆた。

「文ちゃん、有難うね。うちのヒトあんなんやけど、文ちゃん頼りにしてるよってに」

「わかってます」

「典弘のことだけが気掛かりや」

クントル、暗い表情でゆ。

「あっちのやることはおれにもようわかりませんわ」

文太、諦め顔でゆ。

「国の事情で罪なるなんて思いもせなんだわ」

クントル、憤慨した口調でゆ。

「ほんまですな」

文太、相槌打ってお酒一気に飲み干す。

「文ちゃん、ちょっと外で待っててくれる」

クントル、そないゆた。このおカさん、ピンと来た。文太、表出たあと、クントル、

「末の給料払わないとあかん。おカちゃん、都合つかへん」ゆた。

「チャンサするお金やから出せてもすぐ返してくれんとあかん」

「何とかする。お願い」

クントル、手合わせて頼むやげ。おカさん、仕方なくチャンサするお金渡してやけ酒や。

ゆてるまにおカさんのからだ徐々におかしなってきた。夕方店開いて終わるの夜中一時、二時回ることもままあった。洗いもの脂粘りついてなかなか落ちない。頭フラフラしてめまいする。ただの疲れぐらい考えてたけど、からだ全身だるくなって微熱も出だした。食欲もなかったやげ。

文太、城山おっさん、オッキ《玉姫》、ソンムンデネ《姐》さん店占領してる時やった。いつもみたい楽しい宴やった。

「オモニ、顔色よくないな」

サオ《婿》、心配げにゆた。

「痩せたみたい」

オッキ、別嬪の顔曇らせてゆ。

「ネ《姐》さん、風邪引いた？」

ソンムンデネさん、おカさんの顔覗き込んでゆた。

「コッチョンマラゲ（心配ない）」

おカさん、胃のあたり締め付けられるみたい痛かったから顔歪めてゆた。冷や汗タラタラ流れて来る始末や。普段から医者診てもらうゆセンガギ《考え》なかった。トンポリ《金儲け》せんとあかんゆセンガギパッケオップタ（以外なかった）。

お前のおトさん《父》、原州元氏《ウォンジュウォンシ》ゆヤンバン《両班》やからゆて闇チャンサするセンガギこれっぽちもなかった。おカさん、金海金氏《キメキムシ》ゆヤンバンや。済州市に金海金氏のりっぱな墓所ある。

チョサンニム《ご先祖様》名前墓碑に刻まれてる。お前のからだなか金海金氏血流れてる。チャランスロウンニリヤゲ（誇らしいことや）。お前のおトさん、チョサンニムの墓所ゆても旧左面《クジャミョン》月汀《ウォルチョン》オルム《丘》草むらなか、石積み上げただけのもんや。お前のおトさん、ヒトの嫁さん手出して罰逃れるため元山《ウォンサン》行った。そこでも女手出したみたいや。チョンマル《ほんまに》、お前のおトさんの女好き病気みたいなもんや。ほんで、解放後、お前のおトさん、本心、元山行くつもりやった。分断されたお蔭で三十八度線（サンパルソン）北にある元山行くの諦めたやげ。話脱線したな。ハッハ、お前のおトさん話なると勝手に愚痴出る。同じ話も何遍もするな。おカさん、半分棺桶足突っ込んでる歳やから仕方ない。

「オモニ、病院行って医者に診てもらうほうがええです」

サオ、そないゆた。

「心配せんでええ」

おカさん、声絞り出してゆた。おカさんの記憶そこまでや。

おカさん、そのまま倒れて湯川胃腸病院救急車運ばれた。緊急手術ゆことでクンニリ《大変》やった。あと、何時間か遅れてたらおカさん、あの世行ってたやげ。お前のおトさんあの世で女触っておカさん来るの迷惑がったかもしれん。ハッハ。冗談みたいな話やけど半分チンシリ《真実》や。

おカさん、あの世行っててたら、お前にこないして話できなかったな。ハヌニム《天の神様》、おカさんにこの話お前にさせるため生かした、ゆセンガギできる。ま、手術成功しておカさん長生きすることとなった。長生きするの幸せかどかゆのチョンマル、疑問や。ゆてもあの世行くの自分勝手に決めるわけいかん。すべてハヌニム意志やげ。

二十九鉦　決断

ウォンチ《元》ベク《家》クナ《長》ドゥル《男》、お前のおトさん《父》似て女手出すの早かった。ゆても、たいてい年上女や。クナドゥル手出したゆより年上女に誘惑されたゆのチンシリ《真実》や。クナドゥル、パレス座近くのダンスホール通う恰好おかしかった。ハンフリー・ボガードみたい帽子被って猪飼野歩く姿チョンマル《ほんまに》イサンハダ(異常や)。神経質で気小さい偽物《カッチャ》ハンフリー・ボガードやげ。ダンスホールで年上女相手に踊るクナドゥル、猪飼野名物の一つや。

クナドゥル、気性変える目的で天理教伝道家・松下おっさん相談したやげ。おカさん、闇チャンサ《商売》してる時知り合ったイルボンサラム《日本人》や。日帝時代（イルチェシデ）、特高警察してたゆことや。特高警察してた時、ペルゲンイ《赤》、思想家、反日分子、反戦兵、チョソンサラム《朝鮮人》、片っ端からチャバ《逮捕》して拷問、自白強要、でっち上げ、何でもありゆことやった。

敗戦後、特高警察時代罪償うため天理教伝道家なった。

「悪しきをはろうてたすけたまえ天理教のみこと」

おカ《母》さんもクナドゥル一緒なって朝の礼拝何度か顔出したことある。大きな太鼓、銅鑼音合わせて身振り手振りで踊る。シンバン《神房》挙げるクッ《祈祷》比べたらのどかなもんやげ。ま、毎朝、毎夕、きまりの礼拝やからのどかでもええ。一時、クナドゥル、松下おっさんとこ預けたこともある。お米や古い服寄進した。ほんでも、「天理教のみこと」クナドゥル気性変える奇跡起こすことできんかったやげ。

「気長に待つしかないです」

松下おっさんそないゆた。クナドゥル首根っこ捕まえて無理やり水飲ますわけいかんゆことや。松下おっさん、ある時、こないゆた。

「朝鮮の方たちには申し訳ないことしました。国も言葉も奪って無理やり一視同仁という大義のもと、炭鉱に強制連行して酷使したことはもとより、無辜な乙女を慰安婦に駆り立て、前線に送り込みました。戦況が悪化してくると、朝鮮の青年から志願兵を募り、前線に送り込みました。戦争は狂気です。黒を白と信じる洗脳教育に誰もが巻き込まれて異を唱える者は非国民として迫害されました。私の手で何人もの国民、朝鮮の方たちを牢獄に繫ぎました。今も夢に見ます。拷問でうめく囚われの人たちの無念に満ちた顔。井の中の蛙だったんです。当時の日本帝国は。秀吉の朝鮮出兵を教訓としていれば無謀な作戦を展開することはなかったのです。しかし、現実は、真逆に進んで行ったのです。アメリカの圧倒的物量と人命尊重の精神が見えていなかったのです。それが見えていた軍人には勝ち目のないことはわかっていました。暴走する日本帝国軍は神風が吹くと妄信していました。現人神《あらひとがみ》である天皇陛下をいただく日本は神国と信じていました。重要な戦略的軍事要所を次々と陥落されても大本営発表は嘘の報道で真実を隠蔽したのです。レイテ島、硫黄島、沖縄の陥落、東京大空襲と続き、いよいよ本土決戦か、という空気がみなぎっていました。本土決戦をしていたら、日本は焦土と化していました。ナチスドイツも降伏し、ソ連も参戦した状況下では、もはや戦局の打開は望むべくもなかったのです。

　近衛文麿首相が天皇陛下に戦争の早期終結を上奏しました。しかし、上奏は聞き入れてもらえなかったのです。あの時、天皇陛下が決断されていたら、広島、長崎の原爆投下はなかったのです。どれだけの命が救われたことか。天皇陛下に決断させることをよしとしない徹底抗戦派の圧力があったのです。

　朝鮮の方たちに申し訳なく思うのは降伏の時期が遅れたことで韓半島が南北に分断されたことです。南北に分断されたため同族が争い、憎しみの傷跡が刻まれ、いびつな構造になってしまったことです。私の戦中に犯した罪は許されることはありませんが、天理教のみことを信仰することで贖っていきます。ですが、南北分断は天理教のみことにすがっても統一される見込みはありません。在日の方々に布教活動をして、個人の救済は少しは果たされるかもしれません。しかし、国の問題となると難しいことです。何事もなく日々は過ぎていきますが、分断による塗炭の苦しみを味わっておられる方々がいるか、と思うと胸が痛いです」

　松下おっさん、締めくくりに「悪しきをはろうてたすけたまえ天理教のみこと」ゆた。

おカさん、黙って聞いていたやげ。チョンマル《ほんまに》、松下おっさんゆとおりイルボン、早いとこ降参してたら、おカさんの国、北や南、分かれることなかった。チッチ、プルサンハンイリヤ（不幸なことや）。

三十錠　国連

話あっち飛び、こっち飛びしておカ《母》さんの頭中、ちゃんぽんかんぽんなってきたやげ。お前もうんざりした顔してるな。何、そんなことない。テエ《よ》ッ《し》タ、もうちと我慢や。

茉莉、典弘救う一心でアメリカ・ニューヨーク国連本部ピヘンギタゴ（飛行機乗って）行った。アムネスティゆ人権団体、炎ついたロウソクに有刺鉄線巻いたロゴ合わせて「暗闇を呪うより、一本のロウソクをともそう」ゆ言葉に感銘受けたやげ。茉莉、「独裁を呪うより、一本のロウソクをともそう」ゆセン《考》ガ《え》ギで国連本部行く決心したやげ。衝動的やったけど、深い信念基づいたものや。小っさおカ《母》さん、義信、義久、みんな反対した。ほんでも、茉莉の決心揺るぐことなかったやげ。仕方なく小っさおカさん、お金工面した。ゆても、茉莉もピアノ演奏、スンム《僧舞》のアルバイトしてトンポリ《金儲け》してた。

　茉莉、単身ニューヨーク国連本部着いた。茉莉、拙い英語、身振り混ぜて総合案内者に用件伝えたやげ。総合案内者、笑顔で、「コリアセクションはミスターパク・ヨンギです。ノースゲートエレベーター一五階、奥のオフィスに行ってください」ゆた。

　茉莉、一五階奥のオフィス行った。受付カウンターに座っているアガシ《娘》にっこり微笑んで、「ようこそ」ゆた。

「日本から来た上野茉莉です」

「はい、どのようなご用件でしょうか」

「ミスターパクにお会いしたいのです」

「ボスは外出中です」

「何時に戻って来られますか」

　アガシ、チラッと腕時計見て「二時間後です」ゆた。

「では、二時間後にまた来ます」

「そうしてください。ミスウエノ。用件はボスにお伝えしなくていいですか」

「私から言います」

「わかりました」


茉莉、二時間、国連本部、[注6]散策した。

パブリックロビートンチョゲ《東側》、シャガールのステンドグラス目に入った。幅一五フィート、高さ一二フィートの記念碑やげ。花、天使、アギ《赤ん坊》、マーニ《たくさん》描かれてた。平和と愛を具象化した絵画やげ。茉莉、単身ニューヨーク来た孤独癒される思いやった。次、目に入ったの、ノーマン・ロックウェルのモザイク画や。幼児から老人、男、女、民族衣装の人々、祈りの合掌。あらゆる民族、信教、人種、凝縮された敬虔なモザイク画や。絵の上にイエス・キリストの山上の垂訓「おのれの欲するところを人に施せ」ゆ黄金律刻まれてたやげ。茉莉、暗澹《あんたん》たる気分なった。典弘解放させる思い、黄金律とどう折り合いつけるべきなのか。めまいして、フラフラ歩いていく先に、勇壮なブロンズ像あった。裸の男、右手にハンマー、左手に剣持って、「剣を鋤の刃へ」作り変えてる作品やげ。茉莉、心底、独裁政権に見せてやりたい、思った。気を取り直して歩いていくと、「日本の平和の鐘」目に飛び込んできた。茉莉、ノスタルジー感じたやげ。鐘楼は釈迦誕生の花御堂模してた。

そないゆたら、昔、大阪市内、市電走ってた。猪飼野橋から新橋通商店街抜けた東成大今里に市電の車庫あった。四月八日、お釈迦様の誕生祝いに花電車ワッタガッタ（行ったり来たり）してた。ハッハ、おカさん、懐かしい。お前も小さい頃のことやけど、よう覚えてるやろ。お前地面這いつくばって線路耳つけて市電近づいて来る音、楽しんでたな。考えたら、チョンマル、本当《ほんまに》、危険な遊びやげ。やいとせなあかんかった。話逸れた。

気がついたら、茉莉、国連ツアーガイド後ろついて行っていた。ガイド、信託統治理事会会議室案内した。ガイド説明こないゆた。

「信託統治理事会室にある大きな木製の彫像は、一九五三年にデンマークから国連に寄贈されたもので、デンマークの芸術家、ヘンリック・スタルケにより制作されました。ティーウッドの幹を彫って作られたのは、鳥に飛び立つことを促すように腕を伸ばしている女性の像で、『はるかなる高みに向かって限りなく飛翔する』ことを意味しています。信託統治理事会[注7]の活動から考えると、この彫像は独立を獲得する植民地を象徴していると思われます。

信託統治理事会は十一ヵ所の信託統治領が民族自決権を得るまで、信託統治領の行政を監督する任務を与えられた機関です。信託統治理事会はその職務が完了したので、その活動を停止し、必要な場合のみ開会することになっています」

信託統治理事会、韓半島、民族自決権得るまで行政監督してほしかった。そうしてくれてたら、いびつな南北分断固定化されることなかたやげ。アイゴ、チョンマル《ほんまに》、チェス《運》ない。

茉莉、腕時計目にしてミスターパクオフィス戻った。オフィス前で男、女ハグしてた。

茉莉、咳払い一つして「ミスターパク・ミンギですか」ゆた。

「イェス、いかにも私がパク・ミンギだ。君は？」

「日本から来た上野茉莉です」

「はるばる日本からご苦労様です。で、私に何かご用かな」

「ソウル大赤化事件はご存知ですか」

「ああ、よく知っているよ。こちらのミスキムも当事者だったから」

ミスターパク、そないゆて女見た。茉莉、心底驚いた。ソウル大赤化事件の時消えたキム・ユミ、眼前立っているやげ。

「どうして、あなたがここにいるの。高典弘君、金光秀君同様獄中にいるものと思っていた」

「わたしは当局の工作員だったの。金光秀に接近したのも脇の甘いスケープゴートに見えたからよ」

「在日だから」

「そうよ。在日僑胞は玉虫色だから、どのようにも料理できたの」

「悪魔！」

茉莉、叫んだ。

「おかげでわたしは国連本部担当者になれた。わたしは目的を果たせた」

キム・ユミ、得意げにゆた。

「時代だよ。時代が悪かった」

ミスターパクそないゆた。

「光秀君、典弘君は獄中に囚われたままなのですか」

茉莉、必死の形相でゆた。

「私の権限外の事案でね。君の期待にそえることはできそうにない」

「良心は痛まないの」

茉莉、キム・ユミにゆた。

「忠誠心が絶対なのよ」

キム・ユミ、そないゆて、カラカラ嗤ったやげ。

「君はこのまま日本に帰るのが最善だな」

ミスターパクの言葉をあとにして、茉莉、ホテル戻った。はらわた煮えくり返る憤怒が込み上げて来る。典弘想うと熱い涙ぽろぽろ落ちた。茉莉、まんじりともしないで夜を明かしたやげ。

三十一鉦　博愛

ウリノレ《国の歌》に「帰ってきてね《トラワジュオ》」ゆ歌謡ある。おカ《母》さん、歌ったことない。イッチョトオリ《一条通り》ネ《姐》さん、鶴橋駅裏サパククラブで面白がってよく歌ってた。

来てくれなきゃいや《アノミヨンシロ》よ　来てくれなきゃいや《アノミヨンシロ》

待つのに疲れて《キダリメチチヨソ》　切ないわたしの心《ウェロウンネマウム》
あなたは知っている《タンシヌンアルゲッチ》　なぜなぜ来ないの《ウェウェアノルカ》
なぜ来れないの《ウェアノルカ》　来てくれなきゃいや《アノミョンシロ》
来てくれなきゃいや《アノミョンシロ》　待つ甲斐もないのね《キダリヌンポラムドオムネ》　帰ってきてね《トラワジュオ》　帰ってきてね《トラワジュオ》

国連本部から猪飼野戻った茉莉の気持ち、「帰ってきてね」そのものやげ。

「あんたひとり頑張ってもどうにもならん」

小っさおカさん、元気ない茉莉見てゆた。

「光秀君誘惑したキム・ユミ国連本部にいた。やっぱり工作員やった」

「引っかかったんや」

「在日て悲しいな」

「なんであんたがいうの」

「わたしかて在日に変わりない」

「あんたは日本人や」

「国籍はそうでも心は在日やわ」

「いい加減、嫁行くこと考えや」

「おばあちゃんもしつこいな。結婚せえへんいうてるやん」

「いつまで我張《が》ってんと女の幸せ捕まえや」

「おばあちゃん、ハラボジ《お祖父さん》のお妾さんなって幸せやった？」

「そら、あんなええ男そうそういてへん。本妻が済州島いてるとわかっても一緒なりたい思たわ」

「お妾さんでもよかったん」

「仕方ない。知り合ったんが遅かったんやから。ほんまは本妻がええに決まっているやん。新地の仕事柄、そない男前で独り者いう男いてへんのや」

「ハラボジがええ男いうのはわたしもわかるわ」

「そうやろ。わたしの見る目は確かや」

「自慢してる」

「ちょっとぐらい自慢してもええやんか」

「かまへんよ」

「おおきに」

「でも、わたしは結婚しないから」

「難儀やな」

「おのれの欲するところ人に施せ」

「なにそれ」

「キリストの黄金律」

「黄金律？」

「博愛を意味しているんやわ」

「博愛て、キリスト教のか」

「キリストが山上で垂訓した言葉ていわれているけど、すべての宗教、民族、人種にあてはまることや、思う」

「恋愛やのうて博愛かいな」

「そう。最初、よく理解できんと落ち込んでた。でも、今、はっきりとわかる。博愛の精神で生きてこそ真の愛に触れるいうことやわ」

「あんた、えらい大人なったな」

小っさおカさん、ため息つきながら感心したやげ。ゆても茉莉、キリスト教信者なったわけ違う。典弘救うセンガギ《考え》だけやと恋愛なる。すべての無辜な囚われ人の解放願うの博愛やげ。茉莉、ピアノとスンム《僧舞》で、「おのれの欲するところを人に施せ」ゆ活動することにした。国連本部行ったの無駄やなかった。

ゆても、キム・ユミ遭遇したのチョンマル《ほんまに》、驚きやった。映画みたい話やげ。誘惑した相手落とし込めて自分はその手柄で国連本部イリクン《担当》なるなんて、アイゴ、光秀、カワソ《可哀想》やげ。典弘、もっとカワソやげ。歴史の裏に女あり、ゆけどチンシリ《真実》や。ソウル大赤化事件、独裁政権シナリオどおり作られたゆこと証明されたも同じやげ。光秀、典弘、南北分断なって、いびつな国できた犠牲者や。

三十二鉦　逃亡

ぼちぼちおカ《母》さん、話すの疲れてきたやげ。ゆても、このまま終わるわけにいかん。もうちと頑張る。お前もおカさんの話ついてこいや。

中山化学近所に玄海荘ゆアパトあるの話したことあるな。イルボン《日本》ゆのにハングル書いた紙堂々貼ってある。猪飼野ならではの風景やげ。心斎橋一角コリアタウンあって、ハングル看板イッチョゲ《こっち》、チョッチョゲ《あっち》目にする。心斎橋一角コリアタウンでチャンサ《商売》するサラム《人間》、たいがいトロク《外国人登録証》組や。ケサツ《警察》心配ない。玄海荘、クロンゲアニヤ(そんなことない)。みんなどんぶりこやげ。本当ゆたらケサツ心配大きい。そやのに済州島生活するみたい自然振る舞ってる。仕事ゆたらヘップサンダル、ゴム工場、裁断機、プラスチック射出成型機、焼肉屋、鶴橋駅裏コリアタウン、朝鮮市場、ほとんど猪飼野やげ。

どんぶりこサラム、銀行も街金融も利用モタゲッタ(できない)。お金工面どないするかゆたら頼母子《たのもし》しかない。頼母子の親ゆたらプジャプイン《金持ち夫人》や。お金と信用持ち合わせてないと頼母子の親なれない。玄海荘サラムなかに、プジャプイン一人もいてない。ほんで、オッキ《玉姫》亭主の仕事先に頼母子の親いてた。プラスチック射出成型機で下請やってる宝加工の社長夫人やげ。ヤン・ジウゆ名前や。鶴橋駅裏サパクラブでいるの見かけたことある。チャイナドレス恰好で、金のネックレス、金のブレスレット、金の指輪、金のイヤリング、要するにからだいっぱい金だらけやげ。イッチョトオリネ《一条通り姐》さん「チッチ、ついでに金の鼻輪したらええ」ゆた。

「マッスダゲ（ほんまや）」

おカさん、相槌打ったやげ。

ヤン・ジウ、オッキ亭主そそのかして玄海荘サラム限定の頼母子はじめた。一口一万円。玄海荘サラム、全部で三十家族やから毎月、三十万円集まる計算や。先に落とすほど受け取り分少ない。あとで受け取るほど受け取り分多くなる仕組みやげ。おカさんも頼母子で助かったこともあるし、痛い目合ったこともある。

早い時期お金欲しいサラム多いと頼母子落とす順番、くじ引きなる。ゆても早い時期落とすと受け取り分少ない。ここは駆け引きや。

オッキ亭主、ヤン・ジウの悪だくみ乗って玄海荘サラムにあれこれ吹き込んで頼母子落とす時期遅くなるようしたやげ。どないしても落としたいゆサラム出てきたら、オッキ亭主、「我慢足らんな。もうちと待ちや。それが得やから」ゆて引き延ばさせた。それでも落としたいゆサラム出てくると、「痛い目あうで」ゆて脅かした。

オッキ、亭主の様子おかしいのと、ヤン・ジウとグルになって頼母子ネコババするつもり違うかゆ流言耳に入ってきた。オッキ、亭主に「ヨボ《あんた》、何か悪いことする気やないよね」ゆた。

「何が、悪いことや。ええことしよ思てる。おまえにもええ目させたる」

亭主、そないゆてオッキ引き寄せてまぐわったやげ。オッキ、感じながら不吉な予感した。

貼工仕事してる時、血相変えた玄海荘サラム、大勢中山化学おしかけてきた。あいにく文太外回りで不在や。クントルも大っきおカさん買物付き合いでいなかった。城山おっさん、青ざめた顔して小さなってた。ソンムンデネさん、怖い顔して「何や」ゆた。

「オッキの亭主逃げた」

「頼母子の親も逃げた」

「わしらを騙したんや」

「はなからだます計画やったんや」

「そうだ」

「オッキ出てこい」

口々に殺気はらんでたやげ。

「オッキ、何の関係ある」

ソンムンデネさん、そないゆてオッキ庇ったやげ。

「亭主の居所知っているはずや」

「夫婦なんやから落ち合う場所も決めてあるやろ」

「有り金みな持って行かれた」

「詐欺や」

「騙しや」

「許さん」

「八つ裂きや」

一層、殺気はらんだ雰囲気なった。

「わたし、何も知らない」

オッキ、必死にゆた。

「誰がそんな言葉真《ま》に受ける」

「亭主見つけるまでおまえ監禁する」

玄海荘サラム代表した禿おっさんそないゆた。オッキ、怯えてからだすくめた。目真っ赤なった禿おっさん仕事場上がり込んでオッキ腕摑まえたやげ。

「シロヨ《いやよ》」

オッキ、そないゆて禿おっさん手剥がそうとした。禿おっさん余計力込めてオッキ連れ出そうとした。

「シッピチルモンジカタビナバレタンマジャッソ（十七文地下足袋わたしの足にぴったしや）」

ソンムンデネさん、そないゆて禿おっさん蹴り上げたやげ。「ギャア」ゆ叫び声上げて禿おっさんもんどりうって転がった。ほかの連中、茫然自失で眺めるだけやった。禿おっさん、うめき声出しながら「オッキ、連れていけ」ゆた。

「アイゴ、まだ言うか」

ソンムンデネさん、タシ《もう一度》十七文キック打ち下ろす格好した。

「やめろ」

禿おっさん、自らコロコロ転がって仕事場外出た。みんな蜘蛛の子蹴散らしたみたい逃げた。

外回りから帰った文太、オッキ亭主の件聞いて、

「宝加工行って事情探って来る」ゆた。

「番頭さん、わたしも連れてってほしい。真実、知りたいです」

オッキ、泣きそうな顔してゆた。文太、刹那《せつな》迷ったけど、

「わかった。一緒に行こ」ゆた。

「カムサハムニダ（有難うございます）」

オッキ、そないゆて車助手席乗った。

「オッキ、亭主見つけたら、金玉握り潰してまえ」

ソンムンデネさん、そないゆて二人見送ったやげ。

宝加工、大友市場近くにある。中山化学から車で二十分くらいの距離や。玄海荘サラム大勢押しかけてた。中山化学、宝加工二手分かれて行動してたゆことや。

「オッキ出て行くのまずいな」

文太、ひとりごちた。

「わたし番頭さん一緒だから平気です」

オッキ、縋るようにゆた。

「わかった。おれの傍から離れたらあかんで」

文太、そないゆて車から降りた。オッキ、文太の後ろついて歩いた。宝加工の中から怒号飛び交ってたやげ。文太、ハンサラム《一人》、ツサラム《二人》、セサラム《三人》、マーニ《大勢》押しのけて中入って行った。玄海荘サラム、文太の強さ知ってる。

禿おっさん、文太いないこと確かめて中山化学押しかけた。ソンムンデネさんの十七文キックを食らうとは夢にも思てなかった。女ゆことで見くびってた。お前も気つけや。女ゆてバカにしたらえらい目遭う。肝に銘じとけ。

文太いるからオッキ見てても黙ったままや。

「ここの社長、叩きのめしても口割らん」

玄海荘サラムの誰かそないゆた。確かに、見ると、顔腫れて鼻血出したおっさん土間にへたり込んでた。文太、周囲睨みつけておっさんの傍ら座ると、手拭でおっさんの鼻血拭いた。おっさんぼんやり文太見て、

「誰や」ゆた。

「中山化学の佐藤ですわ」

「ああ、あの番頭か」

おっさん、文太の武勇伝知ってる口やげ。

「頼母子の親はどこ行きましたんや」

　文太、そないゆと、おっさん「クック」と嗚咽した。

「畜生、あの色ボケババア、若い男一緒に連れて飛んだ」

「若い男いうのは？」

「色ボケババアにそそのかされて玄海荘サラム集めて頼母子はじめた男や」

「そいつはこのオッキの亭主ですねん。どこに飛んだかわかりまへんか」

「えっ！」

　おっさん驚いてオッキ見た。

「なんでこんな別嬪な嫁さんいててあんな色ボケババアついていくんや」

「ほんまにわたしの亭主、社長さんの奥さんと一緒に逃げたんですか」

「そや、トマン《逃亡》しよった。畜生め」

「どこ行ったんですか」

「わしにもわからん」

　おっさん、悔し涙流してゆた。文太、わかったふりしておっさんの耳元に何かささやいた。おっさん、青ざめた顔引きつらせてブツブツゆた。

「はっきり言うたれや！」

文太、どすのきいた声で一喝した。

「香港や。香港にトマンしよった」

おっさん、咽び泣いてゆた。ヤン・ジウ、普段からチャイナドレス着てたんはスリットからチラチラ自分の脚見せつけて男の目引く魂胆あったのチンシリ《真実》や。香港かぶれしてたゆわけや。ま、香港やと、済州島違って追手に捕まることない。計画的犯行や。アイゴ、オッキカワソ《可哀想》やげ。

三十三鉦　密造

見かけだけでサラム《人間》わからんもんや。別嬪のオッキ《玉姫》亭主トマン《逃亡》した悲しみ暮れてる暇ない。済州島に可愛いアギ《赤ん坊》待ってる。ソンムンデネ《姐》さん以前指摘したとおりトンポリ《金儲け》せんと何しにイルボン《日本》猪飼野どんぶりこ《密航》で来たかわからへん。ヘップサンダル不景気で中山化学苦しい経営事情もあってマッコリ密造[注8]する決心したやげ。済州島コヒャンチベ(実家)マッコリ造る腕前評判やった。ゆてもオッキアボジ《お父さん》生きてた時の話や。オッキ、アボジからマッコリ造り方伝授されてた。

お前は酒飲めないからわからんやろ。マッコリゆたら、ビタミン、ミネラル、乳酸菌、たんぱく質たっぷりで、からだにとってもええ酒や。健康にもええから薬酒と同じ値打ちある。ハナ《一つ》、便秘に効く。トゥル《二つ》、抗ガン作用ある。セ《三つ》、免疫力上がる。ネ《四つ》、代謝盛んなる。タソッ《五つ》、美肌効果ある。ヨソッ《六つ》、不老効果ある。マッコリ、生がマシイッタ（おいしい)。ビールもクロッチョ（そうやろ）。生ビール人気や。

表《おもて》のマッコリ、賞味期限もたすため加熱処理してる。加熱したマッコリ、乳酸菌、酵母ゼロやげ。裏のマッコリ、生やからはやいとこ飲まんとあかん。はやいとこ飲まんとあかんからマシイッタ。マッコリ、造り方ひとつで味、天と地ぐらい違う。

天の味造る腕オッキある。別嬪のオッキ、背水の陣ゆ覚悟で裏マッコリ造る決心した。クントル《長女》も賛成した。大っきおカ《母》さんには内緒や。文太、一日の半分、ヘップサンダルチャンサ《商売》、もう半分マッコリチャンサや。文太、宝加工社長丸め込んでプラスチック射出成型機、隠れ蓑《みの》してマッコリ造ることなった。〝姫マッコリ〟ゆ裏商品や。オッキの腕前なかなかのもんや。

イッチョトオリネ《一条通り姐》さん、金山ネさん通して、猪飼野の焼肉屋、韓国料理店、中華料理店、居酒屋、〝姫マッコリ〟注文してきた。鶴橋駅裏の青空台ゆ焼肉屋、店主ユッチサラム《本土の人間》やけどなかなかのやり手や。どんぶりこで猪飼野来てイルボンセガクシ《日本の娘》嫁にした。嫁、あげまんゆやつや。青空台みるみる繁盛したやげ。そこそこお金貯まったところで、ケサツ《警察》自首してトロク《外国人登録証》もつサラムなったやげ。二号店、北巽出して、これも繁盛してる。猪飼野では、ユミョン《有名》ハン《な》店や。青空台、〝姫マッコリ〟、裏メニューして馴染み客だけこそっと出して飲んでもらうことした。ほんでも、評判の噂に戸立てられへん。

文太、玄海荘禿おっさんに頼んで真面目で口の堅いサラム、五人集めた。マッコリ造る仕事手伝うサラム、〝姫マッコリ〟運ぶサラム。オッキ拉致してどこぞに売り飛ばすセンガギ《考え》もったサラム、オッキの仕事手伝うサラムなってる。チョンマル《ほんまに》、人生面白いもんやげ。

宝加工社長と禿おっさん、オッキ巡って嫉妬の火花飛び散らす。

「オッキ、ネ《わし》が幸せにして見せる」

「チッチ、禿には無理や。社長のわしがオッキ幸せにする資格ある」

「ハッハ、開いた口がふさがらんわ。色気ババアに逃げられて気おかしなったん違うか」

「ほんま言うと、あいつ いなくなってせいせいしてる」

「アイゴ、あんだけ泣いてたのに、よう言うわ」

「泣いたんは悔しかったからや。もともと、愛情のかけらもなかった。チャイナドレスに金ピカネックレス、イヤリング、ブレスレット、指輪。どこにセンスある」

「社長夫人らしい恰好やで」

「ふん、とんでもない」

「とにかく、オッキ、幸せにできるのネしかいてへん」

「笑わせるわ。美女と禿。さまにならん」

「寝取られ亭主と美女もさまにならんで」

「うるさい。寝取られ亭主でもわしは社長や」

「昔の話やろ。今はただの大家やないか」

「大家で上等やないか。大家はチャバ《逮捕》されることない。ほんでも、どんぶりこはいつチャバされるかわからん」

「密告する気か」

「ユダみたい真似はせん」

「オッキ、独り占めしたいあまりネが邪魔者になってるんやろ」

オッキ、聞くに耐えられず、

「外で喧嘩してください。仕事の邪魔です」ゆた。

宝加工社長と禿おっさん、オッキの一言でしゅんとなって黙ったやげ。黙ったまま睨み合いしてた。文太顔出すと二人とも互いに他所向いて仕事手伝うふりする。その変わり身おかしくて、オッキ、クスッと笑う。


ケサツ《警察》もサラムや。絶品の〝姫マッコリ〟飲める店あるの知って、名目偵察、実質味見で何軒かハシゴした。どの店も表メニューのマッコリしか出さない。ケサツ辛抱たまらずおカさんの店来た。

「オモニ《母》、マッコリ」

おカさん、何食わぬ顔で表のマッコリ出した。ケサツ一口飲んで、

「これやない」ゆた。

「ゆてもこれしか置いてないやげ」

「頼むさかい、噂の〝姫マッコリ〟飲ませてや」

「そんなもんオップタ（ない）」

おカさん、素気なくゆた。

「そないつれないこと言わんと出してぇな」

「ないもんはオップタ」

「裏メニューあるんやろ」

「表しかオップタ」

おカさん、ケサツとやり取りしてる真っ最中、玄関開いた。玄海荘サラム「まいど」ゆた。

おカさん、とっさに「間に合ってる」ゆた。

玄海荘サラム、それでも「トゥビョン《二本》、カジョワッソ（持って来た）」ゆた。

ケサツ、立ち上がって「待ってたで」ゆた。

おカさん、目くばせして「ピリョオプソ（必要ない）」ゆた。

玄海荘サラム、慌てて踵《きびす》返すと、運搬自転車飛び乗ろうしたやげ。ほんで、前のめりにこけた。ケサツ、千鳥足で後追い、こけた自転車の荷台から一升瓶二本取り上げた。一升瓶のなかに白いマッコリゆらゆらゆれてた。玄海荘サラム、自転車飛び乗って脱兎のごとく走り去ったやげ。

「オモニ、こいつを飲ませてくれ」ゆた。

「チッチ、仕方ない」

ケサツ、一口飲むと「こいつはうまい。オモニ、噂だけのことある。本物の〝姫マッコリ〟や」ゆた。

おカさん、観念して「お客さん、ケサツやろ」ゆた。

「わかるか」

「ヌンチ見《目付き》てわかる」

「職業柄、きついヌンチなるんやな」

ケサツ、しみじみした顔でゆ。おカさん、一升瓶二本カウンター上置いて「持って帰りなげ」ゆた。

ケサツ、思わず顔ほころばせ「わしにくれるのか」ゆた。

「そやげ」

「オモニ、嬉しいけど、それはあかん。賄賂なる。また、来るよって、気持ちよう出してぇな。わしはそれでええ」

「アラッソ（わかた）」

「テェッタ《よし》、わしは帰る。お愛想して」

「今回はサービスしとく」

「カムサハムニダ（ありがとう）」

　ケサツ、上機嫌で帰って行ったやげ。おカさん、ホッとした。それにしても、〃姫マッコリ〃チョンマル《ほんまに》よう売れた。

三十四鉦　別離

貼工伝説、猪飼野にあるゆのお前も知ってるやろ。けど、それも昔のことや。〃姫マッコリ〃

売れ出してからマッコリ伝説に変わったやげ。マッコリ造りに長《た》けたチェジュサラム（済州島人）、次から次と猪飼野来た。もちろん、どんぶりこや。たいがいソンムンデネ《姐》さん頼って来る。

「アイゴ、このままやと猪飼野どんぶりこサラム《人間》で溢れかえる。わし、海女チャンサ《商売》出る」

ソンムンデネさん、文太にそないゆて猪飼野離れることなった。ソンムンデネさん頼って来るどんぶりこサラムゼロなる。ほんで、ソンムンデネさん、海の中で生き生きと海女チャンサできる。

「しばらく好きにしてまた戻ってきたらええがな」

文太、そないゆてソンムンデネさんに餞別手渡した。

「コマッスダ（おおきに）」

ソンムンデネさん、文太ハグしてゆさゆさおっぱいゆらした。

「おいおい、もうじゅうぶんや」

文太、ありがた迷惑げにゆた。城山おっさん、心細げに笑った。ソンムンデネさん、それに気づいて、城山おっさんにもハグしてゆさゆさおっぱいゆらした。

「どや」

「ええ気持ちや」

城山おっさん、嬉しそうにゆた。

「わしのおっぱい世界一やげ」

「マッスダ（確かに）」

城山おっさん、今にも窒息せんばかりに喘ぎながらゆた。

「これでわしのこと忘れられへん」

ソンムンデネさん、愉快気にゆた。

「夢にうなされるわ」

城山おっさん、息も絶え絶えにゆた。

「ハッハ、わしのおっぱい夢出ておっさん気持ちようさせたる」

「あかん、もうかんにんや」

城山おっさん、手足バタバタさせてもがいた。

「放したらんと、おっさん死ぬで」

文太、強い口調でゆた。ソンムンデネさん、やっと城山おっさん解放した。

大っきおカ《母》さん、クントル《長女》現れるや、ソンムンデネさん借りてきた猫みたいおとなしなった。

「気つけてな」

大っきおカさん、寂し気にゆて、ソンムンデネさんの大きな手を握りしめた。

「コマッスダ」

ソンムンデネさん、大っきおカさんの手を握り返してゆた。

「必ず戻ってきてよ」

クントル、残念そうな顔してゆた。ソンムンデネさん「アイゴ、わし戻るより跡取孫、ここに戻ってこんとあかん」ゆて涙ぐむ。

「おおきに、気持ちだけ有難う。典弘、必ず戻って来る」

クントル、信じて疑わない顔してゆた。ソンムンデネさん、涙流して「チョンマル《ほんまに》、クロッチョ（そうや）、ハヌニム《天の神様》跡取孫、猪飼野戻してくれる」ゆた。

「きっと、そうなると信じてる」

クントル、たまらず嗚咽した。大っきおカさんもつられて嗚咽したやげ。ソンムンデネさん、呼応するように嗚咽した。女三人の嗚咽合唱に猪飼野の空つい今まで晴れてたのにたちまち曇り出した。

「やまない雨はない。不幸続くこともない。いつか雨も上がり、幸福やってくる」

　城山おっさん、ひとりごちてゆた。文太、城山おっさんの肩を抱いて、

「おっさんのいうとおりや」ゆた。

「番頭…」

　城山おっさん、そないゆて嗚咽した。

　ソンムンデネさん、済州島育った時から海女やった。とりわけアワビ採るの名人やげ。ソンムンデネさん、海潜ると、海膨れ上がる。チョンマル《ほんまに》、ソンムンデネさん、鯨みたいなもんや。ハッハ、そやからほかの海女ソンムンデネさん避ける。シンバン《神房》、ポサル《菩薩》、ハッラサン《漢拏山》、生駒山ワッタガッタ（行き来）するみたい海女も済州島、伊勢志摩、ワッタガッタする。国境あってない。ハヌニム偏在するところシンバン、ポサル、クッ《祈祷》挙げる。海も同じやげ。海に境界線描いてない。アワビあるとこ潜って採るの海女やげ。ソンムンデネさん、気の向くまま伊勢パダ《海》、済州島パダ潜ってアワビ採る。青く澄んだ海の底にハヌニムいてる。アワビしこたま採って海面上がる時、十七文キック蹴りつける。チョンマル、豪快な海女やげ。

三十五鉦　結末

お前もおカ《母》さんの話聞くの疲れたやろ。おカさんも話すの疲れたやげ。いつあの世行ってもええぐらいおカさん体調不良やげ。けど、このままあの世行くわけいかん。お前のおト《父》さんもまだ来んでもええゆてる。

もうちと踏ん張るマウム《心》や。お前ももうちと踏ん張るマウムもてや。

ま、物事何でも始まりあったら、終わりある。風の便りに、香港トマン《逃亡》したヤン・ジウとオッキ《玉姫》亭主、喧嘩別れしたゆ話や。行方、今もってわからへん。オッキ、カワソ《可哀想》やけど、〃姫マッコリ〃造るのに一生懸命や。宝加工社長と禿おっさん、相変わらず嫉妬バトルしては、オッキにも文太にも怒られてしゅんとなる。チッチ、男ゆもんぶらさげてるもんぶらさげてるだけに色欲もつ。チョンマル《ほんまに》、パボ《あほ》や。ゆても生まれた時からぶらさげたもんぶらさげてるさかい、自分でどないかなるもんやない。そない思たらカワソやげ。ハッハ、クゴットパルチャ（それも宿命）や。

茉莉、国連本部で遭遇した工作員キム・ユミ、ニューヨークセントラルパークジョギング最中、強盗襲われて刺殺されたゆことや。アイゴ、若いのにチョンマル、悲劇や。犯人逃走中でまだ捕まってない。ミスターパクも高速道路、車運転中大型トレーラー正面衝突して即死ゆことや。因果応報やげ。

南無阿弥陀仏、南無阿弥陀仏。

国連人権委の勧告あってか、真相わからんけど、恩赦ゆことで典弘、光秀、釈放されるゆ知らせ来た。大っきおカさん、クントル、小っさおカさん、義信、義久、茉莉、金山ネ《姐》さん、イッチョトオリネ《一条通り姐》さん、文太、城山おっさん、感極まって「オルシグ、チョルシグ、チョッタ」踊る気分やった。

おカさんも喜んだ。お前もホッとしたやろ。ま、一先ずここで話終えとこ。チョンマル、おカさん疲れた。

（了）

事件　巻末注記

呂運亨暗殺事件

大日本帝国敗戦後、中道左派の指導者呂運亨は左右合作による統一戦線の維持に腐心したが、一九四七年七月一九日暗殺された。

四・三事件

一九四八年四月三日、単独選挙に反対する済州島左派島民が武装蜂起。それに対して当時の軍政、南朝鮮国防警備隊、韓国軍、韓国警察、極右反共団体の西北青年会などが一九五四年九月二一日までの期間に引き起こした一連の島民虐殺事件。島民の約三分の一が虐殺されたと言われている。

麗水・順天事件

四・三事件鎮圧のため出動命令がくだった国防警備隊第一四連隊が左派扇動による反乱を起こす。反乱は麗水郡から隣の順天郡に拡大。当時の李承晩大統領は直ちに鎮圧部隊を投入し一週間後の一〇月二七日に反乱部隊は鎮圧された。この事件処理で韓国政府の左翼勢力摘発は過酷を極め、反乱部隊に加えて、非武装の民間人八千人が殺害された。

金九暗殺事件

一九四〇年から一九四七年まで大韓民国臨時政府の主席であった金九は、大日本帝国敗戦後、李承晩と対立し、李承晩の手の者とされる極右反共団体の西北青年会の元会員安斗熙に一九四九年六月二六日に暗殺された。

六・二五事件

一九五〇年六月二五日、一九四八年に成立したばかりの朝鮮民族の分断国家である大韓民国と朝鮮民主主義人民共和国の間で、朝鮮半島の主権を巡り、北朝鮮が国境線と化していた三八度線を越えて侵攻したことによって勃発したとされる。

老斤里事件

朝鮮戦争中の一九五〇年七月に起きたアメリカ軍による韓国民間人の虐殺事件。第二五師団長ウィリアム・B・キーン少将による七月二六日の「戦闘地域を移動するすべての民間人を敵とみなし発砲せよ」という命令に基づき行われた。なお、同戦争中に行われた米韓連合軍の民間人虐殺はこれ一件に留まるものではなく、収監されていた一千人以上の政治犯も軍命で処刑されていたことが、のちに文書調査で判明している。

信川虐殺事件

朝鮮戦争さなかの一九五〇年、朝鮮民主主義人民共和国（北朝鮮）黄海南道信川郡において、国連軍占領下で住民の四分の一にあたる約三万五千人が虐殺されたといわれる事件。加害者が誰なのかについてはいくつかの見解がある。

居昌虐殺事件

朝鮮戦争中の一九五一年二月九日から二月一一日にかけて大韓民国慶尚南道居昌郡にある智異山で韓国軍が、民間人約七百人を虐殺した事件。居昌良民虐殺事件とも呼ばれている。また二月七日に慶尚南道山清郡、咸陽郡で引き起こされた山清・咸陽虐殺事件とひと括りにして、居昌・山清・咸陽虐殺事件ともされている。

進歩党事件

大韓民国における進歩主義政党である進歩党の委員長・曺奉岩を初めとする幹部が、「北朝鮮（朝鮮民主主義人民共和国）のスパイと接触して、北朝鮮が主張している南北の平和統一を主張した」という嫌疑で逮捕、起訴され、曺奉岩が処刑された事件。一九五六年五月の大統領選挙で支持を大きく伸ばした曺奉岩に脅威をおぼえた李承晩大統領と与党・自由党が仕組んだとされている。二〇一一年に大法院によって冤罪事件であったことが証明され、処刑された曺奉岩の名誉は回復された。

五・一六軍事クーデター事件

一九六一年五月一六日、のちの韓国大統領で当時少将(第二野戦軍副司令官)だった朴正熙などが軍事革命委員会の名のもとに起こした軍事クーデター。

黄泰成事件

一九六一年五月、朴正熙らによるクーデターのあったあと、北からひそかに韓国に入ってきた人物がいた。その人物が黄泰成。黄泰成は朴正熙の兄である朴相熙の親友で、北で官僚をつとめた人物だった。やがて、黄は「スパイ」と発表され死刑を執行される。ところが、事件後に実は彼が、クーデター勢力との話合いのために北から送られた「密使」であるという噂が流れた。

人民革命党事件

人民革命党事件は、朴正熙政権下の韓国中央情報部(KCIA)が捏造によりでっち上げた冤罪事件。事件は二度にわたって発生しており、被告は一九六五年の第一次事件では反共法で、一九七五年の第二次事件では国家保安法によって告訴された。一九七五年四月九日に韓国大法院(最高裁)は被告八人に死刑を宣告し、判決から一八時間後に刑を執行した。これは、司法による殺人事件であり、これらの事件は朴正熙時代の韓国における人権抑圧の事例として知られている。二〇〇五年一二月、韓国国家情報院は人民革命党事件がＫＣＩＡによる捏造であったと発表した。これを受け、韓国司法当局は人民革命党事件に対する再審査を開始、二〇〇七年一月二三日に死刑がすでに執行された八名全員に無罪の判決を言い渡した。

統一革命党事件

朴正熙政権下の韓国において、金鍾泰が組織した地下組織「統一革命党」を韓国中央情報部（ＫＣＩＡ）が摘発した事件。韓国では一九六〇年代で最大の公安事件とされている。ただし統一革命党の実態は確認されていない。にもかかわらず北朝鮮では金鍾泰の「功績」を評価し実態をあるように見せるという謀略めいた策動がなされている。

金大中拉致事件

一九七三年八月八日、大韓民国の民主活動家および政治家で、のちに大統領となる金大中が、韓国中央情報部（ＫＣＩＡ）により日本の東京都千代田区のホテルグランドパレスから拉致されて、船で連れ去られ軟禁状態に置かれ、五日後にソウル市内の自宅前で発見された事件。当時の朴正熙政権が金大中を恐れた暗殺未遂事件と言われる。

民青学連事件

朴正熙政権下の一九七四年四月、「全国民主青年学生総連盟」（民青学連）名義で民主化を求めるビラがまかれた。韓国中央情報部（ＫＣＩＡ）は「政府転覆を企てたもの」として民青学連を摘発、詩人の金芝河氏ら一千人以上を連行。首謀者とされた八人は死刑となった。二〇〇四年一一月二日、韓国国家情報院の「過去の事件の真実究明を通じた発展委員会」（呉忠一委員長）が真相究明の調査を開始し、二〇〇五年一二月七日に「民青学連事件はＫＣＩＡによる捏造であった」とする調査結果を発表した。

朴正熙狙撃事件
一九七四年八月一五日、朴正熙大統領暗殺を目論んだ在日韓国人の文世光による暗殺未遂事件。

ソウル大赤化事件
本編で扱われている。ソウル大学留学生が主体思想による南北赤化統一の陰謀をはかったとされる事件。

朴正熙射殺事件
一九七九年一〇月二六日、朴正熙大統領がＫＣＩＡ部長・金載圭に殺害された事件。

粛軍クーデター事件
一九七九年一二月一二日に韓国で起きた軍内部のクーデター。朴正熙射殺事件以降、のちに大統領となる全斗煥陸軍少将を中心としたグループが全権掌握しソウルの春と称される民主化の流れを断つ。一九八〇年には全国非常戒厳令が出され、光州事件へと繋がっていった。

光州事件

一九八〇年五月一八日から二七日にかけて大韓民国（韓国）の全羅南道の道庁所在地であった光州市を中心として起きた民衆蜂起。五月一七日の全斗煥による粛軍クーデターと金大中ら民主人士の逮捕を契機に、五月一八日にクーデターに抗議する学生デモが起きたが、戒厳軍の暴行が激しかったことに怒った市民も参加し拡大。デモ参加者は約二〇万人にまで増え、木浦をはじめ全羅南道一帯に拡がり、市民軍は武器庫を襲うと銃撃戦の末に全羅南道道庁を占領したが、五月二七日に軍によって多数の市民が殺傷され鎮圧された。

釜山米文化センター放火事件

一九八二年三月一八日、釜山にあったアメリカ文化院への学生達による放火事件。放火後、文化院の周辺では光州事件を武力弾圧した全斗煥政権の打倒と、同政権を支援するアメリカを帝国主義者と断定し追い出すための反米闘争を呼びかけるビラ数百枚が撒かれた。

ラングーン事件

一九八三年にビルマ（現ミャンマー）のラングーン（現ヤンゴン）で発生した爆弾テロ事件。北朝鮮の工作員により、ビルマを訪問中であった全斗煥大統領一行の暗殺を狙って引き起こされた。

朴鍾哲拷問致死事件

ソウル大学言語学科の学生だった朴鍾哲は一九八七年一月、治安本部に連行された。逃亡中である先輩の所在を尋ねられたが口を噤んだため、治安本部による水拷問により死亡した。

大韓航空機爆破事件

一九八七年一一月二九日、大韓航空旅客機が、偽造パスポートを使い日本人に成り済ました北朝鮮の工作員によって、飛行中に爆破されたテロ事件。北朝鮮は現在も事件への関与を否定している。

脚注

注1　鉦《ショウ》
一章の章にあたるもので、テンガリ（鉦）のチンという音を連想させ、始まりの合図としました。

注2　僧舞《スンム》
高麗末以後発展した破戒僧の苦悩を描いたものとも、また李朝時代の名妓・黄真伊《ファンジニ》が当時の名僧である知足《チソク》禅師を破戒させた物語を舞踊化したものとも伝えられる。（『朝鮮語大辞典』大阪外国語大学朝鮮語研究室、角川書店）

注3　漢江《ハンガン》の奇跡
朝鮮戦争で壊滅的打撃をうけていた大韓民国が短期間で成し遂げた急速な復興および経済成長を指す。（「漢江の奇跡」『フリー百科事典　ウィキペディア日本語版』。2016.1.8. 10:08　UTC　URL: http://ja.wikipedia.org/)

注4　万景峰号
主として元山・新潟間に就航（不定期）しており片道二七時間。旅客輸送では、在日本朝鮮人総聯合会（朝鮮総聯）が窓口となり、取り扱うのは、在日朝鮮人の祖国訪問（親族訪問等）や親戚への物資の輸送、朝鮮学校の修学旅行等。（「万景峰号」『フリー百科事典　ウィキペディア日本語版』。2016.5.24. 12:39　UTC　URL: http://ja.wikipedia.org/)

注5　秋
『リルケ詩集』星野慎一訳注、郁文堂。
注6　国連本部
http://www.unic.or.jp/untour/subunh.htm
注7　国連本部信託統治理事会
http://www.unic.or.jp/untour/subunh.htm
注8　マッコリ
韓国の伝統的大衆酒

参照文献

『新・韓国現代史』文京洙《ムンギョンス》（岩波新書）
『新韓国読本2』仁科健一・舘野皙編集（社会評論社）

あとがき

打令《タリョン》というのは、パンソリ（伝統芸能）のジャンルに属するもので、悲運に対する嘆き、運命に翻弄される嘆きを意味します。

『猪飼野打令』はオモニの語りが紡ぐ猪飼野年代記です。国が植民地化され、姓と名前が奪われ、民族が奪われる悲運は大日本帝国の滅亡で終焉を迎えることになっていたのです。残念ながら、植民地から独立した韓半島は三十八度線で南北に分断されます。運命に翻弄される嘆きが繰り返し出てきますが、単なる嘆き節ではありません。

異国で生きるオモニの語りは恨《ハン》が根底にありながらも恨を突き抜けたしたたかさがあります。『猪飼野打令』の原点は『猪飼野物語』（草風館）です。

思い返せば『猪飼野物語』を世に送り出してから足掛け三十年の歳月が過ぎました。光陰矢の如し、です。この間、時代は大変貌を遂げています。アナログからデジタルへ。パソコンとスマホがあれば、テレビも新聞も必須ではありません。音楽にしても、スマホに好きな曲だけをダウンロードして聴くことができます。

このような時代にあって小説は存在事由を得ているのか、甚だ心もとない気分になります。だけど、このような時代だからこそ、小説をコツコツと書き上げていくことが求められているような気もします。

ぼくが対象とする素材は日本における周辺です。決して中心になることはありません。猪飼野は大阪市生野区にある在日の街です。コリアタウンがあり、朝鮮市場があります。韓流ブームで賑わいを見せることはあっても、やはりマイノリティでしかありません。マイノリティな猪飼野を描くことがぼくの存在事由でもあります。『猪飼野物語』にしろ、『猪飼野打令』にしろ、およそ美しい日本語からは遠く離れています。

書くからには自分にしか書けないものを書く。それは書き手の存在事由そのものであるからです。言い換えると、ポストコロニアルとクレオールこそがぼくの存在事由なのです。

ぼくは日本語の世界を毀していると反面、日本語の世界を豊かにしていると勝手に思っています。

さて、『猪飼野物語』の一遍である「李君の憂鬱」を原作としたNHKドラマスペシャル「李君の明日」は一九九〇年に放映されました。プロデューサー菅野高至さんのドラマ化するにあたっての考え方は在日の日常を描くことで在日と日本人との共生に焦点をあてたい、というもので、ぼくは在日を政治的視点ではなく日常の視点で捉える制作意図に共感し、ロケにも随行したのを覚えています。

二〇〇六年に金貞恵《キムジョンヘ》氏と朴正伊《パクジョンイ》氏による韓国語訳『イカイノイヤギ』(セミ出版社)が刊行されたことで、読者が韓国にまで広がりました。

二〇一五年二月ソウルで、脚色・演出キム・ヨンミン氏の手による『イカイノイヤギ』演劇公演がありました。若手演出家が同年四月に来日した折にぼくは拙い韓国語で演出家と語り合いました。彼は鶴橋駅前で公演を実現させたい思いを熱く語っていました。しかし、実現は難しいことです。そうこうしているうちに二〇一六年八月に再度、ソウルで公演することが決まり、前回とは違った脚色で劇場規模も第一回公演に比べると四倍の広さという力の入れようです。

二一世紀のデジタル化された時代にあって、『猪飼野物語』を原作とする演劇がソウルの若手演出家によって公演されることに新鮮な驚きを感じています。故人となられた内川千裕さんの本作りの慧眼にはあらためて感服しています。生きておられたら、一緒に喜んでいただけたに違いありません。

八月の公演にはソウルの劇場に足を運んでじっくり観賞するつもりです。公演時間は二時間半です。こうした流れのなかで『猪飼野打令』が刊行されることにパルチャ（運命）を感じます。


最後に「十四鉦　事件」の巻末注記について一言触れておきます。ネット検索で広範に利用されているウィキペディアを主に参照しています。一つ一つは本来、注記におさまらない分量です。作者の独断でまとめています。齟齬があるとすればすべて作者の責任です。元々、注記ナシでいくつもりでした。というのも、ソウル大赤化事件はその原型はあるにしてもまったくのフィクションだからです。それにオモニの語りがよどみなく流れていく上においても注記ナシがいいのでは、との思いがありました。片や、注記をつけるのが作者の務めではないか、という思いもありました。悩んだ末、本編に記されているような注記としました。

どうか、ご理解のほどを賜りますようお願いします。

元　秀一

二〇一六年夏

猪飼野打令

著者　元秀一　won sooil
一九五〇年生まれ。大阪市生野区猪飼野で育つ。在留資格は特別永住。現在、小説を書くためのライフスタイルに移行。

装丁者　菊地信義
発行日　二〇一六年九月二〇日初版
発行所　株式会社　草風館
浦安市入船三―八―一〇一
印刷所　創栄図書印刷株式会社

Co.,Sofukan 〒279-0012
tel/fax:047-723-1688
e-mail:info@sofukan.co.jp
http://www.sofukan.co.jp
ISBN978-4-88323-198-0

本文レイアウト／DTP●尾形秀夫

猪飼野物語

元秀一著　四六判　本体1、600円＋税　ISBN 978-4-88323-197-3

猪飼野から聴こえてくる済州（チェジュ）アリラン――。地図からは消えてしまった朝鮮人集落、猪飼野を舞台に、在日朝鮮人の老若世代をユーモアあふれる筆致で描き出した珠玉の作品集。一九九〇年放映のＮＨＫドラマ「李君の明日」の原作「李君の憂鬱」を収録。待望の復刊。